Gallmeister

LE DERNIER LOUP

Corrado Fortuna

LE DERNIER LOUP

Roman

Traduit de l'italien
par Anita Rochedy

Gallmeister

FICTION

Titre original: L'ULTIMO LUPO

La traductrice remercie Pro Helvetia, Fondation Suisse pour la culture, pour son précieux soutien.

ISBN 978-2-35178-301-6
ISSN 1956-0982

Conception graphique : Aurélie Bert

Pour Vasco qui est arrivé,
et Pompeo qui s'en est allé.

C'è una nuova luna stasera
*Con un filo di voce io cerco di cantarla**.
OTTO OHM – *Oro nero*

* Il y a une nouvelle lune ce soir / Avec mon filet de voix, j'essaie de la chanter. (Toutes les notes sont de la traductrice.)

PROLOGUE

MA CU M'U FICI FARI ?

C'ÉTAIT une nuit calme et limpide, éclairée par une lune de cinéma : grosse comme celle devant laquelle E.T. et Elliott s'envolaient à vélo. Amir avait terminé le comptage du soir, de nouveau parcouru par un léger frisson. Et pas seulement à cause de la fraîcheur de cette nuit d'août qui déposerait au matin une fine couche de gelée blanche sur les feuilles des hêtres.

Soixante-douze, soixante-treize et soixante-quatorze. Pour la troisième nuit consécutive, les comptes ne tournaient pas rond : cela faisait trois jours que cette fichue numéro soixante-quinze ne rentrait pas à la bergerie. Et chaque fois, soixante-quatorze volutes s'étaient échappées de la bouche d'Amir, berger marocain de vingt-deux ans en service sur la Lùpara, “la montagne la plus haute des Madonie”, comme il aimait à le dire depuis que Mimmo Cascio, le garde forestier, le lui avait appris.

Sauf que des volutes, il aurait dû y en avoir soixante-quinze, comme il aurait dû y avoir soixante-quinze bêtes dans la bergerie. Il en manquait une : il ne pouvait pas laisser faire ça. Amir avait beau être fatigué, il souriait à l'idée de cette marche nocturne devenue une habitude ces derniers jours, qui l'obligeait à remonter jusqu'aux pâturages au sommet. Il avait toujours été berger, comme son père et son grand-père avant lui, qui lui avaient appris les rudiments du métier sur des montagnes marocaines bien différentes de celles où il se trouvait à présent, en Sicile. Mais il se disait qu'au final toutes les montagnes se ressemblaient : silence et brebis ici, silence et chèvres là-bas.

"Berger ici, berger là-bas, *ma cu m'u fici fa'*?" Sa rengaine habituelle. Un genre de "Qu'est-ce que j'ai fait au bon Dieu ?" que ses rares amis lui lançaient quand ils le croisaient sur la Lùpara, ou à l'auberge où, de temps à autre, Amir laissait de côté ses principes religieux et allait boire, le plus souvent après le comptage, un demi-litre de rouge avec ses copains ou quelque touriste venu y passer la nuit en famille. Sa veste en peau de mouton sur le dos, il s'était donc mis en route, suivi de Mosè, le grand chien de berger qui ne le lâchait jamais d'une semelle et qu'il avait vu un jour se battre contre un sanglier. Il n'y en avait pas autant de ces sangliers avant, lui avait dit Mimmo. Ils commençaient à poser problème, sur les monts Madonie, ça devenait même dangereux la nuit. Amir le savait bien et n'était pas rassuré à l'idée d'en croiser un dans le noir, sur la Lùpara, en cherchant cette satanée numéro soixante-quinze. Il était parti quand même, enveloppé dans sa grosse veste, un grand bâton dans la main droite – on aurait dit un saint Joseph tout droit sorti de la crèche. Et cette forêt posée sur l'échine de la montagne, pareille à un édredon ou à une peau de bête, il l'avait parcourue tant de fois qu'il la connaissait désormais comme sa poche. Il était arrivé seul en Sicile, quelques années plus tôt, quand il était encore gamin. Parti à pied comme tant d'autres, il avait traversé le nord de l'Afrique, puis la mer, mais il avait réussi, lui, contrairement à beaucoup de ceux dont il avait croisé la route, et avait atterri à Lampedusa, en débarquant d'une des nombreuses embarcations qui causaient alors une grande agitation dans les ports de son pays d'accueil. La nouvelle était même parvenue au sommet de la Lùpara. Mais pour Amir, ces pensées appartenaient à un temps révolu et il s'efforçait de les reléguer dans un recoin de sa mémoire ; ce n'est que lorsqu'il se trouvait à contempler l'immense étendue d'eau du haut de sa nouvelle montagne qu'il pouvait en admirer la beauté et oublier la terreur qu'il avait éprouvée sur son embarcation.

De jour, il faut dire que le sommet offrait un panorama remarquable : d'un côté, la mer avec les îles Éoliennes à l'horizon et de l'autre, l'Etna qui fumait à près de deux cents kilomètres mais qui, de là-haut, semblait accessible d'un bond. Après le coucher du soleil, le paysage sombrait d'ordinaire dans une nuit d'encre, illuminée en un seul point au nord par les lumières lointaines des deux Petralia, Soprana et Sottana, qui se tenaient la main comme une mère et sa fille sur les flancs de la montagne. Cette nuit-là faisait exception : la lune brillait dans le ciel et Amir la remerciait de lui éviter les faux pas. Amir l'ignorait, mais lui aussi était un berger errant, de l'Afrique, et pas moins poétique* pour autant. Mosè, langue pendante, laissait échapper de petites volutes tandis qu'il sautillait de tous côtés. Mais même après plusieurs centaines de mètres d'ascension, toujours pas l'ombre de cette maudite numéro soixante-quinze. "Berger ici, berger là-bas, *ma cu m'u fici fa'*?" fredonnait le jeune homme en pestant contre la brebis, quand soudain Mosè cessa ses halètements, ses volutes et ses sauts. L'animal se figea un instant avant de disparaître dans le bois en glapissant. Le sang d'Amir se glaça. Un sanglier. La bête devait être énorme pour que son molosse décampe de la sorte.

— Mosè, reviens ici ! cria le berger à son chien, dont il avait déjà perdu la trace.

Ça ne sentait pas le sanglier, pourtant, mais autre chose qui laissa Amir complètement paralysé. Impossible. Il n'en croyait pas ses yeux, même ivre il n'aurait pu imaginer une chose pareille. Un loup, majestueux et noir, dont la silhouette se découpait sur la lune presque pleine comme sur l'affiche de *Croc-Blanc*. Dommage qu'en Sicile le loup ait disparu depuis plus de trente ans. C'est Mimmo qui le lui avait dit, et Mimmo Cascio en connaissait un rayon. Fallait-il avoir peur ? Était-il assez loin ? C'était peut-être lui qui avait dévoré la maudite numéro soixante-quinze ?

Soudain, un craquement dans son dos, comme une chaussure sur une branche morte, fit déguerpir le loup.

* Référence au "Chant nocturne d'un berger errant de l'Asie", de Giacomo Leopardi, dans lequel un berger s'adresse à la lune.

Amir prit une grande respiration pour se calmer et retrouver sa contenance. Puis il se tourna vers l'ombre qui approchait.

— Te voilà, c'est pas trop tôt.

AMERRIR

Une fois par an, pas plus, sauf complications ou urgences, Tancredi Pisciotta se faisait la même réflexion au moment d'atterrir dans sa ville natale. À l'approche de Palerme, avant que l'avion ne touche le tarmac, il se penchait au hublot et croyait voir une route faite de mer. Une mer émeraude et transparente, au point que même sans défaire sa ceinture, il arrivait à compter les écueils sous la surface, dans les profondeurs. Sur quelques centaines de mètres, avant que les roues ne touchent terre, l'avion semblait vraiment vouloir amerrir. C'était peut-être pour ça, justement, que ses amis l'avaient charrié quand il leur avait dit qu'il prévoyait de passer quelques jours à la montagne, seul. "Parce qu'il y a des montagnes en Sicile ?", puis d'éclater de rire. Les crétins. En Sicile il y a tout. Des lacs, des rivières, la mer, et même une chaîne composée des monts Péloritains, Nébrodes et Madonie ; c'était précisément là que Tancredi se rendait : à Piano della Battaglia, le point culminant de cette montagne, où Adelmo, son grand-père, avait emporté sa maison, cinquante ans plus tôt. Et le verbe "emporter" n'est pas innocent : il avait réellement pris une maison et l'avait montée là-haut.

À la fin des années 1960, après des années de vacances au camping, grand-père Adelmo avait décidé d'acheter un lopin de terre, quelque chose d'assez grand pour pouvoir y installer une habitation. Un mobile home, plus exactement, une espèce alors déjà en voie d'extinction, une sorte d'animal mythologique : une maison, mais avec des roues. Ce n'était pas une caravane ni un camping-car, mais une maison préfabriquée, semblable à un chalet, avec un toit en pente et tout le tralala, mais mobile. Chaque fois qu'enfant, Tancredi entendait cette histoire, il se précipitait hors de la cabane en bois pour voir si les roues étaient encore là, entre le plancher et le terrain, pour vérifier que sa mémoire ne lui jouait pas des tours et qu'il n'avait pas rêvé, et chaque fois, immanquablement, il s'étonnait de les y trouver : quatre roues de voiture et un crochet d'attelage. Immanquablement, il s'imaginait le périple que cette maison avait dû faire, d'abord sur l'autoroute, puis sur des kilomètres de lacets avant d'arriver là-haut. Il se projetait aussi, quelques minutes avant de sombrer dans un sommeil d'enfant, dans de fantastiques voyages à travers le monde, à bord de son mobile home qui taillait la route librement pendant que lui, béat, se laissait bercer par les murmures des adultes dans la pièce à côté. De jour, en revanche, Tancredi avait beau n'être qu'un gamin, l'anecdote le laissait perplexe : comment se faisait-il qu'une maison de neuf mètres sur trois, comme le répétait sans cesse son grand-père, puisse circuler sur les routes siciliennes comme n'importe quelle voiture et arriver à Piano Battaglia ? Il devait pourtant se rendre à l'évidence. Elle avait bien des roues, et même un crochet. Une maison sur roulettes, un mobile home, quoi.

Grand-père Adelmo avait raconté cette histoire un bon millier de fois à Tancredi quand il était petit. Et Tancredi regrettait de n'avoir personne à qui la raconter à son tour tandis que la voiture qu'il avait louée à l'aéroport prenait un peu plus de hauteur à chaque virage. Pas d'enfant, entendons-nous bien. Mais il préférait ne pas y penser, il ne voulait pas donner d'os à ronger à la *Camurrìa* tout de suite, même s'il sentait déjà un léger fourmillement au niveau des tempes. Qu'est-ce que la *Camurrìa* ? Cette magnifique expression sicilienne cache en réalité des aspects pour le moins désagréables et signifie justement, par extension, les ennuis. Tancredi donnait à ce mot un sens très personnel : la *Camurrìa* devenait chez lui un signe distinctif, quelque chose que son entourage lui connaissait bien à présent, à savoir le don de se torturer les méninges, un superpouvoir pas très heureux mais qui pouvait s'avérer utile.

Il savait chacun des virages, chacune des pierres de cette route et aurait pu la parcourir les yeux fermés, bien qu'il n'ait plus remis les pieds sur ces montagnes depuis de nombreuses années, plus de quinze ans, pour être précis. Mais c'étaient les lieux de son enfance, et il les connaissait par cœur, avec leurs hameaux aux noms qui fleuraient bon les biscuits de Noël et les feux de cheminée. Cette route, qui enchaîne les lacets une fois qu'on quitte l'autoroute et la mer de Cefalù, longe des villages comme Campo Felice, Polizzi

Generosa, Castelbuono, Collesano, avant d'arriver à Piano Battaglia, au nom plus austère et héroïque, et à côté, encastrée dans la roche et toute en pierre, Petralia. Des noms qu'un écrivain n'aurait pas pu mieux trouver. À Collesano, Tancredi s'était arrêté pour acheter de quoi manger et quelques bouteilles de vin à monter au mobile home, où, il en était certain, il ne trouverait que du sucre et du café.

La dernière fois qu'il était venu, il était avec sa petite amie de l'époque, il avait une vingtaine d'années, puis les aléas de la vie avaient fait qu'il n'y avait plus remis les pieds. Peut-être était-ce pour ça, alors que ses oreilles commençaient à siffler sous l'effet de la pression et qu'approchait "le plus long virage du monde" comme on l'appelait depuis des générations dans sa famille – à savoir le moment où il faut distraire les enfants malades en voiture et où, en contrebas, on aperçoit le grand ruisseau et le lac Formaggi –, qu'il sentit son cœur battre à tout rompre. Sans vouloir manquer de respect au voyageur solitaire que Tancredi s'efforçait d'incarner, il convient de signaler la présence, dans ses yeux, d'un léger éclat, comme des petites larmes. Et pour cause, la période qu'il traversait était intense, émotionnellement parlant. Pour être honnête, il s'était toujours senti à deux doigts de craquer et cela faisait quarante ans que cela durait. Mais la dernière année, plusieurs événements arrivés coup sur coup l'avaient mis à rude épreuve. À commencer par la plus banale d'entre toutes : cette année-là, Tancredi Pisciotta avait eu quarante ans.

Et à quarante ans, il vous arrive un tas de choses inédites.

Déjà, le corps se met à changer. À cette affirmation on pourra évidemment rétorquer qu'il ne se passe pas un jour sans que le corps, inexorablement, ne change. Certes, mais à quarante ans, le corps change d'une façon nouvelle, amorçant pour la première fois un mouvement inverse à celui opéré jusqu'alors. Il se met à décliner : un beau jour, il atteint le sommet de sa perfection, le paroxysme de son évolution, et l'instant d'après, il sombre dans le précipice, l'abîme, plus qu'un gouffre, le néant qui durera le reste de sa vie. Tout le contraire de ce qui se produisait jusque-là. Une véritable involution. Toute la matière dont nous sommes faits commence à se pétrir de douleurs, à gonfler ou à racornir, à se fatiguer en un rien de temps, elle devient quelque chose sur quoi il faut veiller, bref, elle amorce le lent et inexorable déclin qui précède la décomposition. Ce changement physique s'accompagne presque aussitôt de celui de l'esprit. Pour la première fois, à quarante ans, le compte à rebours s'enclenche et, durant certaines nuits particulièrement sombres et sans sommeil, pour la première fois, à quarante ans, on réalise que, si tout va bien, on est arrivé plus ou moins à la moitié. Ce qui veut dire, toujours si tout va bien, qu'il nous reste plus ou moins la moitié du temps qui nous a été imparti sur cette terre. Si tout va bien. Le faible espoir de consolation réside tout entier dans ce plus ou moins. Cette prise de conscience terrifiante avait poussé Tancredi Pisciotta à faire les comptes, à dresser le bilan de ce qu'il avait accompli au cours de la première moitié de sa vie, les objectifs qu'il avait atteints, dans quelle mesure la vie avait, favorablement ou pas, battu les cartes et chamboulé ses plans et projets, et où se situait la moyenne entre le positif et le négatif, à quel pourcentage, quelle note ou quel niveau cela correspondait. À combien évaluait-il son bonheur ? Voilà ce à quoi Tancredi Pisciotta, en personne prévoyante qu'il était, avait commencé à penser peu avant son quarantième anniversaire. Il sentait en son for intérieur que son plus grand regret était de ne pas avoir d'enfant, et il avait tenté de comprendre pourquoi, alors qu'ils ne prenaient aucune précaution, sa femme Sara n'était toujours pas tombée enceinte. Et c'est ainsi que Tancredi avait appris qu'il était pratiquement stérile. En somme, avoir quarante ans peut vous valoir un sacré lot d'emmerdements – pour Tancredi, en tout cas, c'était assurément le cas.

Et comme si cela ne suffisait pas, toute l'année écoulée, il avait été confronté de si près aux grandes questions existentielles qu'un psychologue se serait frotté les mains en écoutant ses lamentations. Mais Tancredi ne voulait plus entendre parler de psychanalyse. Il avait assez donné, développant presque une phobie. Au sein de son entourage, il avait été un pionnier, entamant un parcours d'analyse alors qu'il était encore adolescent. Mais à quarante ans révolus, il sentait les relents de la psychanalyse à un kilomètre à la ronde. Il pouvait dire si une personne était en thérapie rien qu'en échangeant deux mots avec elle. Et rien ne l'agaçait plus que s'entendre répéter à l'envi des phrases énoncées sur le divan.

Et dire que ça aurait dû être *son année* : l'année de ses quarante ans, l'année où il était censé récolter les fruits de son travail, l'année de son accomplissement en tant qu'homme. Qu'est-ce qu'on ne dit pas comme conneries et lieux communs pour faire parler et remplir les murs de Facebook. Il s'était marié deux ans auparavant, deux très belles années d'un mariage heureux au cours desquelles il avait écrit son dernier chef-d'œuvre : la biographie de Piero Ciampi, l'extraordinaire chanteur à textes livournais mort pauvre, alcoolique et largement incompris. Certes, le livre était sorti chez un petit éditeur, mais il avait mis dans ce travail toute sa passion de journaliste musical et son savoir-faire d'écrivain, en plus du profond amour qu'il vouait évidemment à ce malheureux poète. Son agente lui avait assuré que c'était le bon moment pour sortir une biographie de Ciampi, maintenant que la chanson italienne faisait son grand retour, le livre serait forcément remarqué. Il n'en fut rien. Le livre avait passé l'hiver entier dans les librairies et il s'en était écoulé deux cents exemplaires, soit plus ou moins tout ce que Tancredi et Sara comptaient de personnes dans leur entourage. Puis il avait été retiré de la vente parce qu'un héritier sorti de nulle part n'avait pas donné les autorisations nécessaires. Bref, ce n'était pas seulement que le livre n'avait pas trouvé son public, c'était une *débâcle** sur toute la ligne, entre la maison d'édition qui n'avait évidemment pas déboursé un centime et sa petite réputation qui en prenait un sacré coup. Mais là encore, ce n'était pas un drame insurmontable, ça ne touchait pas aux grandes questions existentielles.

C'était la tumeur de son frère qui l'avait terrassé. Elle l'avait piétiné, réduit en charpie. Le genre de trucs qui vous coupe le souffle et vous brouille la vue, le genre de trucs qui vous donne l'impression de n'être plus bon à rien et qui envahit

* Les mots en français suivis d'un astérisque sont en français dans le texte.

toutes les cellules de votre cerveau, le genre de trucs dont on se souviendra toujours le moment de l'annonce : avec quels mots, quelles pauses, quels soupirs. Précisément l'année de la procréation assistée. L'année où Sara et lui avaient compris qu'il ne leur restait plus que cette solution pour avoir un enfant : et donc hôpitaux, analyses, hormones, piqûres et nouvelles discussions, espoirs, soupirs, attentes, déceptions, peines. L'année avait été intense pour le cœur de Tancredi. Car les choses de la vie, dans la réalité comme dans certains films, pour autant qu'ils soient bons, les causes de joies potentielles ou de peines certaines arrivent toutes en même temps, sans se soucier des priorités, en dépassant par la droite et la gauche comme dans les rues bondées de Palerme à la sacro-sainte heure de pointe. Bref, l'été qui touchait à sa fin venait clore pour Tancredi Pisciotta une véritable année de merde.

Le soir était tombé quand Tancredi avait amorcé le dernier virage, à la hauteur de la bicoque en bois du garde forestier, à côté du poste de secours et du refuge désormais à l'abandon, avant la seule grande ligne droite le long de laquelle se trouvait le mobile home. Mais Tancredi avait décidé de prendre son temps, de profiter des petites choses, des petits souvenirs. Il s'était donc arrêté à la lisière de la grande plaine qui donnait son nom au lieu, était descendu de voiture et s'était assis sur le muret au bord de la route pour respirer l'air enfin frais et agréable et contempler la Lùpara, merveilleuse et illuminée par une lune qui lui parut pleine, même s'il se plantait toujours sur ces choses-là. Un panorama magnifique et spectral, avec le brouillard opaque en aval et le sommet de la montagne net et éclairé par cette lumière blanche. Il s'était perdu dans ses pensées à la limite de l'apitoiement, assaisonnées d'une bonne dose de rhétorique tirée de ses souvenirs d'enfance quand, tout à coup, il crut entendre quelque chose qu'il n'était pas censé entendre, un bruit qui n'avait pas lieu d'être, pas dans ces montagnes. Il crut entendre un loup hurler. Mais Tancredi Pisciotta savait pertinemment que ce n'était pas possible. Le dernier loup des Madonie avait été tué par son grand-père Adelmo, il y avait une quarantaine d'années. Et cette histoire aussi, Tancredi la connaissait depuis qu'il était petit.

LA NUIT DES FAITS

COMME d'habitude, l'auberge était pratiquement déserte ce soir-là. La seule nouveauté avait été cette tablée de quatre types qui lui paraissaient tous identiques et parlaient avec l'accent de Petralia, le village d'à côté. Que des hommes, tous plus ou moins la vingtaine et bien décidés à se remplir la panse de bière avant de regagner leur chambrée, non sans lui avoir collé de longs regards libidineux. Angela jouait à *Fruit Ninja* sur son portable mais elle avait bien vu que l'un d'eux la reluquait. Elle était habituée : c'était toujours comme ça avec les rares clients masculins qui débarquaient à l'auberge. Il y avait aussi la table des deux vieux habitués, Gaetano, son grand-père, et Abele, congénères et compères de toujours. Ce soir-là, le duo était cependant en formation réduite car Abele, comme tous les jeudis, manquait à l'appel. Assis à la table de Gaetano, il y avait Mimmo Cascio, le garde forestier, et surtout Amir. Eux aussi avaient fini par rentrer chez eux en titubant, éméchés comme d'habitude.

Elle avait fait mine d'aller se coucher à son tour puis elle était sortie en catimini. Piero, son père, avait toujours mis un point d'honneur à ce qu'elle reste au rez-de-chaussée, renonçant exprès à louer la seule chambre de l'auberge avec une porte-fenêtre qui donnait sur une petite cour privée entourée d'une barrière en bois. Barrière qui était loin de refréner la propension de la jeune fille à s'éclipser sans crier gare. Angela avait toujours eu la manie de fuguer le soir en escaladant la clôture. Elle ressentait le besoin, instinctif, de se ménager des moments de solitude, loin de tous. Seulement, elle le faisait sans prévenir et depuis son plus jeune âge. Peut-être n'était-elle pas aussi retardée que ce que tout le monde, sur cette montagne, pensait. La jeune femme – qui venait d'avoir vingt ans –, alors qu'elle était encore enfant, avait un jour décidé tout bonnement d'arrêter de parler. Personne, au cours des quinze dernières années, n'avait entendu la voix d'Angela. Son mutisme, ajouté à ses habitudes étranges et au fait qu'elle était la seule enfant et la seule fille à grandir dans ces montagnes peuplées d'hommes, avait fait d'elle une sorte de Mowgli au féminin et aux cheveux blonds. Angela était continuellement en mouvement, elle escaladait, dévalait, grimpait avec l'agilité d'un chevreuil au bord d'un précipice. C'était sans doute ce qui la faisait passer aux yeux des autres, des hommes, vieux, ignorants comme des chèvres et sensibles comme des cailloux de la Lùpara, pour une fille un peu toquée. Mais ce n'était pas ses seules particularités, loin de là. Angela était très belle : grande, blonde, aux yeux noisette, mais inaccessible, soit parce que Piero veillait au grain, soit parce que "comment fait-on pour aborder une fille comme ça ?" Toujours scotchée à ses jeux sur son téléphone, quand elle n'était pas par les chemins. Elle ne parlait pas, Angela, mais dans sa tête, dans le silence absolu de son langage fait de gestes et de sourires, les mots se bousculaient dans ses pensées. Ce soir-là, après avoir passé la soirée à faire mine de jouer sur le smartphone de son père, assise sur le tabouret derrière la caisse, pendant qu'elle scrutait attentivement tout ce qui se passait dans la grande salle de l'auberge, elle avait bâillé, filé dans les cuisines embrasser son père, qui récurait les casseroles, puis s'était réfugiée dans sa chambre avec une tasse de lait. Après l'avoir vidée dans les toilettes, elle avait posé la tasse sur sa table de nuit, à côté des peluches de son enfance et de son miroir au cadre rose.

"La pauvre Angela", comme tout le monde l'appelait à l'auberge, était sortie malgré le léger brouillard, dont elle avait peur depuis qu'enfant, elle avait vu *L'Histoire sans fin*, dans lequel le brouillard s'appelait le Néant et engloutissait tout sur son passage. Mais hormis cette peur infantile, elle ne semblait en rien désarmée en regardant la cabane au loin avec sa lumière encore allumée et un filet de fumée qui s'échappait de la cheminée de fortune. Seulement, dans son silence qui durait depuis des années, elle soupirait sans discontinuer. Mais le brouillard continuait de s'intensifier, et avec lui, sa peur, alors Angela se fit violence, elle passa ses mains sur ses bras comme pour s'étreindre et elle se mit en route.

LE DERNIER LOUP

La première fois qu'Adelmo leur a raconté cette histoire de dernier loup, Tancredi devait avoir dix ans, et Ruggero, son frère, celui que tout le monde dans la famille appelait *'u nico*, le petit en sicilien, huit. C'était un soir d'été, ils étaient dans la cour devant le mobile home et le brouillard épais formait des bancs derrière le sapin baptisé Pino, qu'ils avaient planté tous les trois un an plus tôt. "Un sapin qui s'appelle Pino !" Adelmo n'en pouvait plus de rire. Tancredi et Ruggero n'avaient pas peur du brouillard, ils savaient quoi faire désormais s'ils n'y voyaient plus rien : ne pas bouger et siffler l'air de famille que leur grand-père avait appris à toute la maisonnée, trois sifflements brefs suivis d'un dernier, plus long, qui terminait en fusée. En réalité, c'était Ruggero, le *nico*, qui n'avait pas peur, et Tancredi, le grand, était forcé de ne rien laisser paraître. Mais quand ils étaient seuls sur le plateau et que le brouillard commençait à tomber de la Lùpara, ils s'appelaient sans arrêt.

Piano Battaglia, été 1988

— *Ruggero, putain, t'éloigne pas!*

— *Ah, mais quelle* Camurrìa*! D'abord, t'as pas le droit de dire "putain". Tu fais quoi si je le dis à papy?*

— *Papy il est pas là, et si je te perds, c'est moi qui me prendrai un savon.*

— *Pourquoi t'avoues pas que t'as peur? Ça irait plus vite.*

— *N'importe quoi, c'est pas vrai.*

— *De toute façon, les loups il y en a plus, en théorie?*

— *Pas qu'en théorie, t'as entendu le papy.*

— *Ça reste de la théorie: qu'est-ce qu'il en savait lui que c'était le dernier? Il les avait comptés peut-être?*

Tancredi aussi s'était posé la question, sans parvenir à trouver de réponse. Comment Adelmo pouvait-il être sûr que le loup qu'il avait abattu était bien le dernier des Madonie? Cette histoire avait toutes les qualités: elle était fascinante, amusante, trépidante, injuste et mystérieuse aussi. Elle était fascinante parce que, quand Adelmo l'avait racontée à ses deux petits-fils, ils étaient restés bouche bée devant le chemin tortueux qui menait au sommet, et le brouillard qui les enveloppait ne faisait qu'accroître leur fascination. Elle était mystérieuse parce que, justement, personne ne pouvait assurer que ce loup était bien le dernier. Elle était amusante parce qu'Adelmo racontait avoir pris le loup pour un sanglier tellement il était gras. Mais les loups, ils sont pas censés se déplacer en meute, d'abord? Elle était injuste car, si c'était bien le dernier loup qui avait donné son nom à la montagne, alors c'était vraiment salaud de l'avoir tué, qui plus est par erreur: une terrible injustice. Quand Adelmo leur avait raconté ça, Tancredi avait pleuré comme si c'était lui le nico *de la maison, et Ruggero, devant le chagrin de son grand frère, n'avait rien trouvé de drôle à dire pour dédramatiser.*

Il en avait toujours été ainsi, entre les deux frères : Ruggero avait beau être le cadet, c'était lui qui le protégeait avec ses blagues, qui atténuait les choses, les minimisait. Comme ce fameux jour où il l'avait appelé, il y a un an et demi.

Son téléphone avait sonné un matin tôt, Tancredi corrigeait les dernières épreuves de son livre, dans son bureau à Milan. Voyant le nom de son frère s'afficher, ce prophète de malheur s'était aussitôt imaginé le pire. Comme si la sonnerie elle-même était déjà de mauvais augure. Ruggero n'appelait jamais avant midi, il était toujours sur ses terres, au volant d'un tracteur, ou dans quelque cave à s'occuper de son vin, là-bas, dans la campagne autour d'Alcamo.

— Eh, *nico*, quoi de neuf ?

— Ma foi, les conneries habituelles, les vendanges, quelques coups d'un soir à gauche à droite, maman qui me demande quand je me marie et une tumeur au foie.

— Bordel, Ruggero, tu te crois drôle ? Faut pas déconner avec ça.

— ...

— Ruggero...

— Tancre', je savais pas comment te l'annoncer, je déconne pas, j'aurais vraiment préféré te faire une blague.

Six mois, c'est le temps qu'avait duré la tumeur du *nico*. Ruggero était mort à l'âge de trente-huit ans et demi.

Tancredi était à peine plus qu'un adolescent la dernière fois qu'il avait mis les pieds dans ce mobile home, mais il lui semblait que c'était hier. En ouvrant la porte de la remise à outils d'Adelmo, l'odeur caractéristique de froid et de chaud mêlés, de nourriture stockée et de neige fondue, ajoutée à celles de la graisse des outils accrochés au mur, des champignons, des hêtres et de la mousse autour du cabanon, l'avait bouleversé, avait fait ressurgir quelque chose qu'il ne pensait pas avoir gardé en lui : un souvenir, une sensation endormie, incubée, qui était remontée d'un bloc. Rien non plus dans la maison ne semblait avoir bougé : mêmes tapisseries vertes sur les trois chaises autour de la table et sur le canapé, la collection de statuettes *kitsch** bien en vue sur l'étagère de la cuisine, les portraits de famille, les carnets de vacances que sa mère tenait dans sa jeunesse, mais aussi les skis du *nico*, les chaussures de marche du *nico*, le coupe-vent du *nico*, les stylos, bouteilles, livres et disques du *nico*, posés sur un coin de l'étagère, le tourne-disque des années 1970 orange du *nico*, le couteau du *nico*. C'était trop d'un coup, mais Tancredi savait qu'il avait besoin de ce choc. Il avait ouvert son sac, sorti ses affaires, posé la trilogie d'Izzo qu'il relisait sur la table, à côté de ses notes sur Piero Ciampi ; puis il avait ouvert la bouteille de vin achetée à Collesano, en avait bu la moitié par petites gorgées, s'était assis sur le canapé vert et avait fondu en larmes comme un *nutrìco**, en poussant de longs sanglots et en adressant des lamentations à la Lùpara, qui le regardait, attendrie.

* Nourrisson en dialecte sicilien.

ANGELA

AVANT six ans, elle n'avait montré aucun signe d'étrangeté. Elle semblait une petite fille pareille à toutes les autres, peut-être un peu plus silencieuse, et solitaire. Mais, sur sa montagne, ce n'était pas comme si elle était très entourée. Soudain elle avait décidé de s'arrêter. Quiconque aurait observé avec la bonne distance l'adulte qu'elle était devenue n'aurait vu en elle qu'une très belle fille plutôt taciturne. Elle savait préparer les repas et maintenir la cuisine de l'auberge en ordre, elle lisait et suivait les films à la télé, elle s'intéressait à tel ou tel chanteur ou acteur et éprouvait des sentiments romantiques. Le tout, dans un silence absolu. Elle n'était pas muette, ses cordes vocales allaient très bien, de nombreux médecins l'avaient assuré à Piero quand il s'en était inquiété. Elle avait par ailleurs conservé certains traits infantiles : la candeur, l'enthousiasme, l'émerveillement. Elle pouvait éclater de rire pour un rien, un "bouh !" crié dans son dos. Elle avait toujours été hyperactive, opiniâtre et courageuse. Et très belle, "comme un ange" avait dit son père la première fois qu'il l'avait prise dans ses bras. Mais Angela n'était pas sans causer quelques soucis à ses parents.

Quand elle était petite, avant qu'elle ne se retranche dans un mutisme total, on pouvait la surprendre en train de bavarder avec quelqu'un qui n'existait pas, ou de se balancer, le regard vitreux, perdu dans le vide. Telle une adulte qui porterait sur ses épaules toute la misère du monde. Elle avait l'air triste, elle l'était sans doute. Cela désespérait ses parents et plus cela se produisait, plus elle devenait elle-même froide, silencieuse, apathique. Elle savait pertinemment que c'était à cause d'elle qu'ils étaient à bout. Elle savait que, si Piero et Melina élevaient la voix jusque tard dans la nuit, c'était parce qu'ils parlaient d'elle. Ce qu'elle ne savait pas, en revanche, c'était ce qu'elle pouvait y faire. Melina voulait l'emmener en ville pour qu'elle soit entourée d'autres enfants. Mais Piero était intraitable sur Palerme : c'était hors de question, ce n'était pas un lieu pour leur fille. Il fallait laisser Angela tranquille, et si besoin, il était prêt à la retirer de l'école de Petralia pour la protéger et à lui dispenser lui-même l'éducation dont elle avait besoin.

Piano Battaglia, janvier 2003

La neige tombait encore à lents flocons et recouvrait, imperturbable, tout ce qu'elle trouvait. Les branches chargées des hêtres étaient blanches, comme le plateau, où tout était doux et immobile. La neige s'accumulait sur le toit de la voiture garée devant l'entrée et sur celui de l'auberge. Le blanc manteau masquait, atténuait les bruits, les cris. Cette nuit-là, dans la chambre des parents d'Angela, il y en avait plus que d'habitude. Peut-être profitaient-ils de ce que l'auberge était vide. L'école avait tout juste repris, du moins pour les autres enfants : Angela n'était pas sûre de retourner en classe cette année. Il lui semblait que c'était justement ce dont discutaient ses parents, en criant comme toujours, mais peut-être un peu plus fort cette fois. Puis des bruits, comme des objets brisés, et la voix de Melina qui pleurait et disait qu'elle n'en pouvait plus. Soudain le calme, le silence, et Angela avait enfin pu s'endormir. Quelques heures plus tard, à moins que ce fût des minutes – la petite n'aurait su le dire –, sa mère l'avait réveillée en l'embrassant et était sortie par la porte-fenêtre de sa chambre pour ensuite escalader la barrière de la cour et s'engouffrer dans une voiture qui l'attendait, moteur et feux éteints. La neige avait cessé et les traces, le lendemain matin, lui confirmeraient que ce n'était pas un affreux cauchemar. Melina lui avait demandé pardon, elle lui avait demandé de ne pas dire qu'elle l'avait vue sortir, en larmes, vêtue des mêmes habits qu'elle portait ce jour-là et sans un bagage. Elle lui avait demandé de ne parler à personne. En ne prononçant plus un traître mot à compter de ce jour-là, Angela l'avait prise au pied de la lettre. Et un vide aussi énorme qu'un lac s'était ouvert dans le cœur de la fillette, ce vide que seul l'abandon peut générer. Les jours qui suivirent, Piero n'avait même pas remarqué le mutisme de sa fille, aveuglé qu'il était par sa peine et sa frustration. Personne n'avait de nouvelles, même pas la famille de Melina à Palerme, avec laquelle ils avaient coupé les ponts depuis des années, justement après qu'elle eut décidé de quitter la ville et d'aller vivre dans la montagne avec cet ours de Piero. Lequel, durant les semaines qui suivirent la disparition de sa femme, avait traversé toutes les phases de la douleur. Il y eut d'abord la colère aveugle : Angela l'entendait, enfermé dans sa chambre, faire claquer portes et fenêtres, et à plusieurs reprises, casser quelque chose à coups de chaise. Puis les pleurs désespérés : Angela l'écoutait sangloter comme un enfant dans la pièce à moitié détruite. Après quoi, il tomba dans un état catatonique : personne ne parvenait à le faire réagir, ni Mimmo Cascio, le garde forestier, ni les deux vieux.

Angela avait alors compris que le seul moyen de soustraire son père à sa douleur était de lui donner des raisons de s'inquiéter, et elle avait donc arrêté de parler, pour toujours, avec tout le monde. Elle était convaincue que, comme ça, lui au moins ne l'abandonnerait pas. Désormais, personne n'entendrait plus le son de sa voix. Le stratagème semblait fonctionner : Piero donnait l'impression de reprendre le dessus, sa peine s'était transformée en une sorte de colère sourde contre "cette salope" et en une inquiétude incommensurable pour Angela. Il n'avait plus prononcé le nom de sa femme, à partir de ce moment-là, Melina était devenue un fantôme pour lui aussi. Il n'y aurait dès lors plus de place que pour Angela dans son cœur, celle que tout le monde là-haut appelait désormais "la pauvre Angela".

LA GUERRE DE PIERO

PIERO souffrait d'insomnie et cette nuit-là comme les autres, malgré la grappa, il ne trouvait pas le sommeil. Il avait enfilé un pull et était sorti fumer sur la balançoire de sa fille, sur le parking devant l'auberge, dans le brouillard qui lui semblait encore plus dense que d'ordinaire. Dans la seule chambre louée, les clients étaient encore debout, qui sait ce qu'ils trouvaient de si drôle, ces *picciotti*[*] que personne ne connaissait ici. Qui sait ce qu'ils étaient venus faire en haute montagne au lieu d'aller danser en discothèque sur cette affreuse musique électronique qu'ils écoutent à cet âge.

Il ne pouvait pas le nier, même après plus de dix ans, Melina lui manquait toujours. Après tout ce temps. Elle s'était volatilisée. Il n'aurait pas su le faire, lui. Il aurait surtout été incapable d'abandonner Angela, évidemment. Il se demandait encore comment sa femme avait pu disparaître sans laisser de traces. La police aussi avait tenté de la retrouver. Mais elle avait fini par jeter l'éponge. Comment était-ce possible ? Pour commencer, il ne faut avoir

[*] Jeunes hommes en dialecte sicilien.

aucun scrupule pour abandonner une fille à moitié folle et un ours. Puis après ? Avait-elle fait des faux papiers ? Pris des billets d'avion ? Pour aller où ? À tous les coups elle était sur une plage, dans un pays chaud, après toutes ces années dans le froid. Un froid extérieur et intérieur. La nuit, ces questions le hantaient encore. Toutes les nuits ou presque. Qui sait si, quand elle ne dormait pas et se retournait dans son lit, Melina pensait à la famille qu'elle avait abandonnée sur un *pizzo** de montagne, à moins que, peut-être, elle s'en soit trouvé une autre, de famille. Qui sait si elle regrettait de ne pas voir Angela grandir, de ne pas remarquer le moindre changement chez cette fille si spéciale. Parce que, oui, Angela changeait, grandissait, même si Piero était peut-être le seul capable de s'en apercevoir. Et, oui, elle était spéciale, attentive à tout ce qui l'entourait, à sa façon bien à elle, et elle adorait son père. C'était en tout cas l'impression qu'avait Piero. Angela était toute sa vie. Et il savait le mal que lui avait causé sa mère en prenant la fuite. Il savait bien que son étrangeté, sa fragilité étaient liées à son abandon. À l'adolescence, Angela avait pris l'habitude de fuguer, de temps en temps. Elle n'avait jamais découché, mais certains matins, elle disparaissait et ne revenait pas avant la nuit tombée. Personne ne savait ce qu'elle faisait, où elle allait. Et Piero se demandait si ces fugues étaient une tentative pour Angela de chercher sa mère ou de l'imiter : certains parents, peut-être plus jeunes et plus modernes que lui, soutiennent souvent qu'il n'y a pas meilleur enseignement que l'exemple. Cette idée n'était pas pour le rassurer. Mais il

* Sommet en dialecte sicilien.

avait fini par s'habituer à ces disparitions. Il les respectait, elles étaient indissociables de sa fille, il ne s'en inquiétait plus.

Dernièrement, Piero avait remarqué un nouveau changement chez Angela. À croire qu'elle était tout à coup devenue une femme. Tout ça, depuis qu'avait débarqué ce jeune Marocain, un garçon qui n'était pas bête mais qui parlait très peu lui aussi, surtout au début, à cause de la langue qu'il ne connaissait pas. Amir, le berger, était un brave gamin, un travailleur, et il avait l'air sérieux même si Piero était terriblement envieux de la relation exclusive qu'il avait su nouer avec sa fille. Amir ne donnait pas du tout l'impression d'être gêné en présence d'Angela, comme cela pouvait arriver à d'autres adultes, mal à l'aise, visiblement paralysés par je ne sais quelle peur, quand ils se retrouvaient devant elle. Le berger passait même toujours volontiers un peu de temps en sa compagnie lorsqu'il n'était pas sur la Lùpara à garder son troupeau. Piero les observait de loin et voyait à quel point cette amitié faisait du bien à Angela, il remarquait avec quelle gentillesse ce Nord-Africain expliquait à sa fille comment utiliser un portable, lui apprenait de nouvelles stratégies dans les jeux vidéo, tout cela avec des échanges de sourires, de gestes, de regards et pas un mot. Pauvre Piero : il se consumait de jalousie mais refusait de l'admettre. Angela semblait avoir trouvé un peu d'apaisement dans cette amitié et c'était bien la seule chose qui comptait.

Il en était à sa troisième ou quatrième cigarette, peut-être plus, et Piero demeurait perdu dans ses pensées. Au bout d'un moment, il interrompit leur flot et la légère oscillation de la balançoire, écrasa son dernier mégot sous sa semelle et s'en retourna à l'auberge, disparaissant dans le brouillard.

UN VIEUX

Sa vessie menaçait d'exploser depuis une bonne demi-heure déjà. Mais il n'avait aucune envie de se lever, ni de s'abriter de ce froid qui le gagnait désormais jusqu'aux os, il ne voulait pas non plus affronter ce genou qui le faisait souffrir, son dos en miettes, et encore moins passer les deux prochaines heures à se tordre de douleur sur la cuvette des toilettes pour finalement pisser deux gouttes qui, de toute façon, ne suffiraient pas à le soulager. Gaetano gardait les yeux écarquillés dans le noir. Une énième nuit blanche l'attendait. Ses insomnies avaient commencé il y a une quinzaine d'années, au même moment, probablement, où il y avait eu tout le bordel entre son fils Piero et sa femme, et où leur fillette bizarre avait arrêté de parler, à quoi s'était ensuite ajoutée la prostate qui ne tenait plus et l'obligeait à se lever plusieurs fois dans la nuit, sans parler de ses dents qui se déchaussaient, et ses trous de mémoire qui, dans les moments de lucidité, l'inquiétaient toujours un peu. Il s'était fait vieux, et pire encore, il s'était fait vieux sur cette montagne. Une vie juché là-haut, coupé de tout et de tout le monde. Loin d'une prétendue civilisation qui restait tout de même à deux heures de route. Mais Palerme était à plus de quarante années de distance. Avec Palerme, il en avait fini, comme il en avait fini avec sa femme, et le vacarme qui empêche même de s'écouter penser. Même si, dans le silence de la montagne, ses pensées prenaient beaucoup trop de place. Il en avait soupé des gens, tous autant qu'ils étaient. Il ne lisait plus le journal, ne voulait plus savoir ce qu'il se passait dans le monde. Il ne votait plus, n'avait aucune idée de qui gouvernait le pays. Gaetano avait décidé de tourner le dos au monde. À la mort de ses parents, il avait hérité de leur argent. Sans hésiter, il avait acheté une grande maison de montagne qui était devenue plus tard l'auberge. Il avait ensuite évité la ville, chaque jour un peu plus. Toutes les fois qu'il y avait remis les pieds, il l'avait regretté, puis la ville avait fini par devenir un symbole, la métaphore du mal tapi en nous. Un mal que Gaetano voulait oublier.

Il y avait des jeunes dans la chambre à côté. Tant mieux pour eux. Ils faisaient un boucan de tous les diables, ils semblaient ivres morts. Ça ne dérangeait pas Gaetano de les écouter rire, ça le sortait de ses idées noires. Mais qu'arrosaient-ils comme ça, ses voisins ? Et qu'y avait-il de si drôle ? Et leurs chants, même au stade, ça ne passerait pas ! Le sommeil commençait petit à petit à le gagner, à croire que le vacarme des quatre le berçait. Et puis finalement, il y eut un cri plus fort que les autres suivi d'une rafale d'éclats de rire, au milieu desquels Gaetano parvint à saisir des bribes de mots :

“C’est exagéré… Un exemple ! Un geste symbolique !”

Alors Gaetano jura ses grands dieux, se redressa lentement sur le lit, et plus lentement encore se dirigea vers les toilettes.

LE PREMIER JOUR

Il s'était réveillé à l'aube sur le canapé, transi de froid et dans ses habits de la veille, *Total Khéops* de Jean-Claude Izzo ouvert sur le ventre. Il n'avait même pas allumé le poêle en rentrant. La tête dans un étau et un arrière-goût acide dans la bouche. Se rendant compte qu'il n'avait pas non plus appelé sa femme, il avait cherché son téléphone dans sa veste avant de se résigner : il était visiblement aussi mal en point que lui, pas une seule barre de signal. Il était alors sorti de sa torpeur et avait suivi les consignes qu'*u nico* avait laissées à l'entrée pour les visiteurs, à savoir Tancredi et leur mère, qui venait encore de Palerme de temps en temps avec sa Cinquecento pour y passer quelques jours de vacances en été.

Les instructions étaient limpides et plutôt simples. En arrivant : 1. Allumer interrupteur central électricité dans armoire à dte du poêle. 2. Dans la remise, ouvrir les deux bombonnes de gaz marquées "poêle" et "cuisine". 3. Ouvrir robinet station d'arrivée d'eau derrière maison. 4. Brancher chauffe-eau. En partant : 1. Fermer arrivée d'eau derrière maison. 2. Vider conduites pour éviter le gel en ouvrant robinet d'évacuation d'eau sous table cuisine. 3. Mettre antigel dans WC et laisser robinets ouverts. 4. Ne pas fermer le frigo, sinon ça pue le cadavre.

Tancredi Pisciotta avait souri en lisant le dernier point, un peu macabre : il reconnaissait là l'humour de Ruggero, incapable de renoncer à un trait d'esprit même dans une liste d'instructions. Quand il eut exécuté toutes les opérations qui avaient permis à cette roulotte de tenir debout pendant cinquante ans, Tancredi ne savait plus quoi faire, le chauffe-eau était allumé depuis trop peu de temps et l'eau était encore glacée, il se prépara un café dilué avec le reste d'un paquet qu'il avait déniché dans le placard, sans même avaler un biscuit, il trouva *Fuente y Caudal* de Paco de Lucía parmi les disques de Ruggero, le mit sur la platine et y vit une étrange coïncidence : il lui semblait qu'Izzo faisait précisément écouter ce disque à son personnage, Fabio Montale, dans le roman qu'il lisait hier soir avant de s'endormir. Mais il n'était plus très sûr, c'était peut-être le vin.

Il sortit fumer sa première Marlboro rouge de la journée et regarda le sommet de la Lùpara, pendant que les notes de flamenco, qui contrastaient avec le décor montagnard, se dispersaient. “À nous deux”, déclara-t-il soudain tout haut, puis il rentra s'équiper en prévision d'une longue promenade, mit dans son sac à dos une bouteille en plastique à moitié remplie du vin de la veille, du pain et du fromage, la veste de Ruggero qui portait toujours son odeur et que Tancredi, après un profond soupir, fit semblant de ne pas remarquer, une casquette de baseball aux couleurs du club alpin sicilien, il laissa son téléphone inutilisable sur la table en se disant qu'il appellerait Sara de l'auberge et se mit en chemin. Le soleil resplendissait et le brouillard, comme une bête sauvage, semblait avoir regagné sa tanière.

En sortant, il traversa avec mélancolie la route où il jouait au ballon avec Ruggero gamins ; une jeep des gardes forestiers passa et Tancredi crut entendre son frère l'avertir "Voituuuure" de sa voix d'enfant ; puis il avisa le sentier qui menait à l'auberge sur le plateau au pied de la Lùpara, où commencerait son ascension. Il se surprit à se souvenir de tous les noms des maisons qui, dans sa jeunesse, étaient encore habitées par des amis de la famille, et étaient maintenant toutes aveugles et vides, et il lui sembla être le seul humain à se promener par ici. Sur le plateau, il passa devant l'auberge ; la porte était ouverte et, dehors, sur la balançoire, une fille aux cheveux blonds buvait une tasse de lait. L'hôtel est ouvert, c'est déjà ça, se dit-il. Il vit une Fiat Punto noire sortir du parking, projetant un peu de gravier. Il longea la Madonne des neiges, la chapelle des montagnards à moitié en ruines, et les installations d'une remontée mécanique dont les crochets ondulaient macabrement dans le vent, comme des pendus. Il laissa derrière lui la cabane des bergers et son enclos rempli de chèvres, où petits, Adelmo et Ruggero allaient chercher la ricotta bouillante.

Arrivé là, il prit le sentier qui montait et repensa à l'histoire du dernier loup. Le front perlé de sueur, il s'arrêta pour boire une gorgée de vin quand un énorme chien de berger déboula, l'arrachant à ses pensées. Il se rappela à quel point l'animal pouvait être dangereux, on disait même qu'il se battait avec les sangliers, et un frisson lui parcourut l'échine. Contre toute attente, le chien repartit d'où il était venu. En général, quand ce genre de choses arrive dans les films, c'est que l'animal veut qu'on le suive. Or qui était Tancredi Pisciotta pour désobéir à cette règle implicite du cinéma international ? Après quelques pas, il sut qu'il avait vu juste : le chien l'attendait devant quelque chose qui, de loin, ressemblait ni plus ni moins à un sac de jute abandonné là par hasard. Tancredi hâta le pas, butant contre une roche qui affleurait. C'était un jeune homme en habits de berger, et, à en juger la couleur de sa peau et ses traits, il semblait nord-africain. Même si parler de traits était un peu paradoxal : il avait reçu un coup d'une telle violence qu'il avait le crâne fracassé et Tancredi aurait juré que son œil droit était sorti de son orbite. Mais il détourna aussitôt le regard, ne voulant ni voir ni faire un malaise. Sous la nuque du garçon, une flaque de sang dense et sombre se formait, absorbée en partie par l'herbe et la mousse. Une violence inouïe. De la haine. Celui qui avait frappé ce garçon l'avait fait avec haine. À côté de la tête du berger gisait une grosse branche, toute noueuse, elle aussi maculée de sang. Tancredi s'approcha aussitôt pour vérifier s'il vivait encore. Le berger serrait quelque chose dans sa main droite, un cadre photo semblait-il. Tancredi le fourra dans sa poche ; puis, toujours en évitant le plus possible de le regarder, il lui tâta le pouls.

Les brebis étaient dans la bergerie. Elles auraient déjà dû être sorties à cette heure-là, lui-même le savait. C'était forcément leur berger. Il formulait ces vaines pensées quand les lèvres du jeune homme s'entrouvrirent, et de sa bouche s'échappèrent deux mots à peine audibles que Tancredi parvint tout de même à distinguer : "Le loup".

LA PILULE

ABELE s'était réveillé d'humeur exécrable. La nuit avait été un fiasco total. Steliana, sa copine roumaine, l'avait laissé en plan alors qu'elle savait très bien que le jeudi était leur jour, son jour. Un droit acquis avec les années auquel le vieux n'aurait renoncé pour rien au monde. La vieille salope ! Où avait-elle donc pu aller ? Petralia Soprana se résumait à une poignée de maisons au sommet d'une colline à une vingtaine de kilomètres de Piano Battaglia et Steliana n'était pas seulement sortie, Abele était convaincu qu'elle n'était pas dans le village ; il l'avait cherchée partout. Elle était peut-être descendue dans sa famille à Palerme ? Mais comme ça, sans prévenir personne ? Et surtout, sans le prévenir lui ? Et puis, pourquoi serait-elle allée à Palerme toute seule en pleine nuit ? Toute seule ? Qu'est-ce qu'il en savait si elle était toute seule ?

Abele ne bouillait pas uniquement de colère, il était aussi jaloux, ce qu'il n'aurait jamais avoué à personne.

La nuit avait été un fiasco total. Il avait quitté sa *baita** vers huit heures et demie du soir, comme tous les jeudis,

* Une *baita* est un petit chalet d'alpage. Elle peut servir d'habitat permanent mais est le plus souvent utilisée comme refuge saisonnier pour les hommes, le bétail ou les récoltes.

avec une chemise propre et un demi-litre d'eau de Cologne. Il avait pris sa Panda Sislex 4x4 premier modèle première série, qui l'accompagnait depuis toujours et qui, elle, ne l'avait jamais laissé en plan, et tandis qu'il négociait les virages, il avait avalé un comprimé entier de Cialis avec une belle rasade de grappa. Une demi-heure avant, comme un petit cachottier. Sauf qu'une demi-heure après, son slip était près de craquer, et chez Steliana, il n'y avait personne. Ou peut-être qu'elle était là mais n'avait pas daigné lui ouvrir ? Cette pute. La vieille pute. Il avait parcouru le village en long et en large, avec son sexe qui pulsait entre ses jambes au point que c'en était douloureux, il était passé voir au bar, au cercle des chasseurs, au club alpin. Rien : la salope s'était tout bonnement volatilisée. Même la Simca 1000 de Steliana, une vieille guimbarde dont Abele doutait qu'elle puisse aller bien loin, n'était pas dans le coin. Il ne lui restait plus qu'à remonter dans sa Panda et à s'en retourner à Piano Battaglia : il n'aimait pas être vu au village. Il ne voulait surtout pas qu'un sale fouineur incapable de s'occuper de ses affaires aille raconter à Steliana qu'il l'avait cherchée partout comme un amoureux transi. Amoureux, lui, tu parles ! Tout ce qu'il voulait, c'était baiser. La pute. Il avait donc refait le trajet en sens inverse, en pestant et en priant pour que le Cialis ne lui défonce pas la bite, les artères coronaires ou même le cœur, vu son hypertension. Il devait trouver un moyen de faire passer cette érection géante, mais comment ? Il n'allait tout de même pas s'envoyer une brebis d'Amir ! L'idée le fit rire, dans l'habitacle de sa voiture qui empestait le tabac froid. Il arriva à Piano Battaglia une vingtaine de minutes plus tard et tenta sa chance à l'auberge, dans l'espoir de noyer sa frustration dans une bouteille de vin avec les autres qui se ficheraient certainement de lui – il était tellement furax qu'il était prêt à prendre ce risque. Mais ce soir-là, rien ne lui réussissait : à l'auberge aussi, toutes les lumières étaient éteintes et il n'y avait pas l'ombre d'un de ses compères. Avant de rallumer le moteur et de rentrer chez lui se soulager avec son téléphone, merci la technologie, il vit la pauvre Angela qui marchait en plein brouillard. Où allait-elle toute seule la nuit comme ça, cette demeurée ? Elle mériterait qu'il se décharge sur elle, la pauvre Angela. Mais c'était hors de question, elle était comme sa petite-fille, il ne pouvait pas faire ça. À cette idée, il posa immédiatement sa main sur son sexe, déjà mis à rude épreuve ce soir-là. Puis il tenta de chasser cette *pensée merveilleuse**. Il rit de nouveau : "Cette cochonne de Patty !" Mais un bruit de pas détourna son attention, il vit quelqu'un avancer dans le noir et se remit en marche, gêné qu'on puisse le voir rôder la nuit, en pleine forêt, avec une érection aussi honteuse.

Le lendemain matin, il ne voulait plus ressasser cette nuit de malheur et s'était mis en tête de descendre déjeuner avec Mimmo et les autres. Il monta donc en voiture, car il n'avait aucune envie de marcher, et prit la direction de la cabane du garde forestier, où il aurait trouvé Mimmo pour boire le café. Arrosé ou pas. Il pouvait bien faire comme si de rien n'était, comme s'il revenait tout juste de Petralia, il ne raconterait rien à personne.

* "Pensée merveilleuse" est une traduction littérale de "*Pensiero stupendo*", titre d'une chanson de Patty Pravo de 1977.

L'ENTERREMENT

TANCREDI Pisciotta courait et ne pensait à rien, les images qui lui emplissaient les yeux et lui brouillaient la vue n'étaient pas des pensées, mais une régurgitation de souvenirs dont il se serait volontiers passé, surtout à ce moment précis. Ce n'étaient pas les derniers instants de sa vie qui défilaient devant lui, comme on dit que cela arrive aux moribonds, mais les derniers mois terribles en compagnie de son frère. Le premier avion pris en catastrophe pour rejoindre Ruggero, après son appel. La route jusqu'à l'aéroport, avec ce goût amer dans la bouche et des palpitations dans tout le corps. Leur première étreinte vigoureuse après être descendu de l'avion et avoir couru chez leur mère. Les interminables séances de chimio du *nico*, et les pensées horribles qui, dans la salle d'attente, l'accablaient. Son incapacité, tout au long de ces six mois, à regarder leur mère dans les yeux, la première boucle de cheveux tombée dans une assiette de soupe que Ruggero peinait à avaler ; les moments passés après ce repas où il l'avait aidé à se raser le crâne à la tondeuse et leurs plaisanteries stupides quant à sa soi-disant ressemblance avec Bruce Willis une fois la boule à zéro.

Puis les nuits d'insomnie où il finissait même par en vouloir à Sara, qui ronflait discrètement à côté de lui, fatiguée d'avoir veillé toute la journée sur lui, qui ne cessait de sangloter ; la haine face aux sourires, le mépris passager face à la joie et au bonheur des autres, les jurons mêlés aux prières, l'amaigrissement affolant de Ruggero, ses derniers mots murmurés dans ce lit où il semblait si minuscule, un modèle réduit de lui-même, mais aussi son éternel sourire taquin, quand il chuchotait : "La vie, Tancre', il faut pas la prendre au sérieux." Et puis les funérailles, à Palerme. Des funérailles où il s'était tout à coup senti soulagé et coupable. Où ce soulagement s'était heurté à la vision de sa mère, prostrée dans un coin. C'était une journée ensoleillée et chaude, le jour de l'enterrement de Ruggero. Il y avait beaucoup de femmes dans l'assistance, Tancredi n'en avait guère reconnu que trois ou quatre. En plus de Lisa, évidemment. Lisa qui avait été la première petite amie de Ruggero à l'école, et la dernière relation sérieuse de sa vie. Après l'inhumation, ils n'étaient plus que tous les quatre dans le cimetière des Rotoli : Tancredi, sa femme, Lisa et Paride, un des meilleurs amis de son frère du temps de l'université. Ils étaient plantés là, projetant leurs ombres étirées devant le caveau familial, à sécher leurs larmes et à sourire à cette chienne de vie. Ils se serraient dans les bras et chassaient les fantômes de la mort. C'est Paride qui avait brisé le silence.

— Allons boire un verre à Ruggero ! En face du cimetière, il y a le bar de la Vela qui donne sur la mer. Je ne sais pas vous, mais moi, je boirais bien une bière.

Ils s'étaient donc retrouvés dans ce bar, assis à une table autour de laquelle ils avaient enchaîné les bières, desserré leurs nœuds de cravate, fumé cigarette sur cigarette sous le soleil et devant une mer magnifique et irrésistible.

— Allons piquer une tête.

Tancredi s'était dit que si ses larmes se mêlaient à l'eau de mer, elles cesseraient peut-être de couler. Sara lui prit la main en ôtant ses talons dans un geste d'une infinie élégance, et tous plongèrent de la jetée, laissant leurs habits sombres, leurs vestes et leurs chemises blanches en tas, les uns par-dessus les autres. La baignade avait été inoubliable, purificatrice, comme un baptême, après tant de mort et de maladie. Sara ne le quittait pas des yeux, Tancredi en était conscient et fier. Même dans un moment comme celui-là, il avait eu la confirmation d'avoir trouvé la femme qu'il lui fallait pour son cœur compliqué.

Allez savoir pourquoi c'étaient ces souvenirs que Tancredi voyait défiler dans sa course folle. Alors qu'il dévalait une montagne, ce gamin sur le dos. Il ne voulait pas penser à l'état misérable dans lequel il était, il ne voulait pas se résigner à l'abandonner. Tancredi n'avait plus de salive dans la bouche mais une boule de glaire acide et amère qui lui séchait la gorge et affolait son cœur, qui battait avec fureur, résonnant dans tout son corps. Dans ses oreilles, où on aurait cru entendre un tambour, dans ses jambes, qui couraient toutes seules, butant ici et là, et les faisant tomber par deux fois ; dans ses yeux, d'où des larmes coulaient sans même que Tancredi ne s'en rende compte, et dans son torse : le cœur n'était pas à sa place, sur la gauche, il cognait au milieu et faisait un mal de chien. Il était sûr, sûr et certain, qu'il allait faire une attaque. Mais il courait, sans s'arrêter sauf quand il tombait la tête la première, avec tout le poids du corps d'Amir sur le dos. Il courait sans plus penser à rien, il courait, et l'auberge lui semblait toujours lointaine, même si chaque fois qu'il parvenait à jeter un œil en aval, l'auberge en fait se rapprochait. Pas de beaucoup, mais elle se rapprochait.

Sans savoir comment, il finit par arriver au parking. Dans le pré, il coucha Amir, désormais immobile, privé de sens, avachi comme un sac de jute. Il reprit son souffle et cria de toutes ses forces. Un cri assourdissant, caverneux, qui résonnait dans sa poitrine, un cri animal, primal. Il criait comme jamais il n'avait crié de sa vie : "À l'aide !" Puis tout en sanglotant et en haletant et avec le cœur qui continuait à battre au milieu de toute cette folie, les yeux inondés de larmes et de sueur, il enleva la veste de Ruggero et, soulevant la tête d'Amir entre ses mains, la glissa dessous en guise de coussin. Il le regarda enfin dans les yeux et l'implora de rester en vie. "Ça suffit, je t'en supplie, je n'en peux plus, je n'y arriverai pas, ne meurs pas comme ça, je t'en supplie, ne meurs pas comme ça devant moi toi aussi." Tancredi reprit ses esprits une seconde et cria à nouveau avec ce qui lui restait de souffle dans les poumons. Il vit des gens sortir de l'auberge. Deux hommes : un vieillard et un plus jeune, en uniforme vert. Sur le moment, il était incapable de faire le rapprochement, mais il avait déjà vu ce garde forestier. Ils devaient avoir le même âge.

— Tancredi, c'est toi ?

PISSE-AU-LIT

Piano Battaglia, été 1988

À l'époque où le refuge était encore en activité, il y avait un petit terrain de jeux derrière. Tancredi, Ruggero et Mimmo bavardaient au pied du toboggan. Ruggero remettait constamment cette histoire sur le tapis :

— D'accord, mais qu'est-ce qu'on en sait que c'était vraiment le dernier ?

— Mon papa il dit qu'ils étaient deux avant mais que ça fait longtemps qu'on n'a plus vu le couple.

— Dans ce cas, ils auraient pu amener une autre femelle et les laisser repeupler la montagne plutôt que de tuer le dernier.

Tancredi ne décolérait toujours pas que son grand-père et les autres aient pu massacrer cette pauvre bête.

— Mais Tancre', t'es quand même plus tranquille comme ça, non ? T'avais une telle frousse des loups, maintenant tu peux dormir sur tes deux oreilles sans faire pipi au lit.

— Je fais pas pipi au lit, d'abord, et c'est pas vrai, j'avais pas du tout peur. J'aimerais t'y voir, toi, qu'est-ce que tu ferais si tu tombais sur un loup, tu lui tirerais dessus, toi aussi ?

— *N'empêche qu'on ne peut pas être sûrs à cent pour cent qu'il n'y a plus du tout de loups. Il faudrait aller vérifier.*

— *Non mais ça va pas la tête, t'es vraiment débile.*

— *Et toi t'es qu'un pisse-au-lit.*

Les pales de l'hélicoptère de secours qu'avait appelé Mimmo Cascio secouèrent tout sur leur passage : les arbres, l'herbe, les cheveux et les pensées. Le garde forestier n'avait pas hésité une seule seconde et, avant que la peur pour son ami berger le submerge, il s'était précipité à l'auberge, où il avait appelé le 118. Il savait que le médecin de la petite unité de premiers secours ne "montait" à Piano Battaglia que les week-ends de la saison de ski et que s'il ne réagissait pas immédiatement, il serait difficile de sauver la peau d'Amir, dont le pouls était déjà très faible. Après coup, voyant que Tancredi ne tenait plus debout, il l'avait embarqué dans sa jeep et ramené à sa cabane, pour qu'il boive un thé chaud et ne fasse pas un malaise à son tour. Ils s'étaient assis sur le banc de la véranda, face au bois qui allait bientôt engloutir le refuge abandonné.

— Tu te rappelles le terrain de jeux derrière le refuge ?

— Ne me dis pas que tu es Mimmo ? Le fils de Pino Cascio, le garde forestier ?

— Et meilleur ami de ton grand-père Adelmo, alors tu te souviens.

— Bien sûr que je me souviens : ton père est resté un mythe pour mon frère et moi.

— Était, malheureusement, était. Comment va le *nico* ? Ça fait quelques années qu'on ne le voit plus dans le coin, c'était le dernier de ta famille qui fréquentait encore cette montagne.

Tancredi sentit son estomac se nouer. Comme chaque fois qu'il devait annoncer à quelqu'un la mauvaise nouvelle.

— Ruggero aussi est mort, il y a un an. Une tumeur au foie. Elle l'a emporté en six mois.

— Merde, il était si jeune, j'arrive pas à le croire. Je suis vraiment désolé, Tancredi.

Ils avaient ensuite égrené leurs souvenirs devant une bouteille de *nocino* qui permit de tempérer légèrement leur agitation, même si c'était surtout Mimmo qui parlait ; Tancredi accusait encore le coup et regardait autour de lui comme on regarde quelque chose qu'on ne voit plus depuis des lustres. Il lui semblait entendre l'écho de leurs trois voix de gamins au milieu des arbres, quand il lâcha :

— Qui a fait ça, à ton avis ? Et pourquoi quelqu'un aurait voulu tuer ce gosse ?

Mimmo n'en avait pas la moindre idée et lui non plus n'arrivait pas à y croire. Il proposa à Tancredi de le retrouver à l'auberge le soir même, pour faire la connaissance des autres et reparler ensemble de tout ça.

À L'AUBERGE DU GRAND ÂGE

La tension était palpable à l'auberge ce soir-là. Tancredi aurait pu s'y attendre même sans connaître ce qui liait Amir au reste de la bande. Il trouva Mimmo Cascio déjà installé à une table aux côtés d'Abele et Gaetano, “les vieux de la montagne” : les deux hommes, d'un âge avancé et rougeauds, discutaient de ce qui était arrivé la nuit passée. Mais ils s'inquiétaient surtout de devoir annoncer la nouvelle à la pauvre Angela. Tancredi eut droit à un tour de présentations, même si tout le monde avait l'air de très bien se rappeler qui il était, et on l'amena en cuisine, où il rencontra Piero et la jeune fille, qui ne prononça pas un mot. Quand ils eurent laissé le père et sa fille à leurs fourneaux, ils retournèrent à la table, où l'on servit aussitôt à Tancredi un verre de vin rouge.

— Si seulement le troisième vieux de la montagne était ici avec nous, dit tout à trac Abele.

— Adelmo était un grand ami à nous en plus d'être un grand avocat.

— Oui, c'était un grand avocat, même si ma mère et ma grand-mère, surtout, trouvaient toujours qu'il était plus souvent fourré ici sur cette montagne qu'au tribunal.

— Trinquons à Adelmo et aux trois vieux de la montagne que nous sommes, dit Gaetano, avec un air accablé et un sourire las.

Devinant la nostalgie dans les yeux du vieillard, Tancredi saisit la balle au bond pour changer de sujet. Il demanda à ses compagnons de table en quoi annoncer la nouvelle à Angela était un problème. Ce fut Abele, après avoir lancé un coup d'œil rapide aux deux autres, qui répondit.

— La pauvre Angela est une gamine adorable. On la connaît depuis qu'elle est toute petite et on a même entendu sa voix. On a malheureusement aussi été témoins de son mutisme soudain : Angela ne parle plus depuis qu'elle est enfant. Pour nous, elle est comme notre petite-fille. Surtout depuis que sa mère a disparu. Piero ne l'a jamais pardonné à Melina. On s'est tous un peu occupé d'Angela, ici. La pauvre petite a toujours été une gamine à problèmes. Seulement, depuis que ce berger est arrivé, on l'a vue changer, Piero aussi l'a vu. Elle avait l'air plus tranquille, ils semblaient être devenus amis. Ça, c'était étonnant : chez eux, il faut pas croire qu'ils peuvent parler avec les femmes comme ça, et si elle n'était pas un peu dérangée, la pauvre, je dirais qu'elle est tombée amoureuse d'Amir, même si ça ne l'empêche pas de continuer à se comporter bizarrement, comme hier soir.

— Mais, toi, t'étais pas là hier soir, le coupa Gaetano. Hier on était jeudi, et le jeudi, toi, tu as la fièvre, dit le vieux, en adressant un clin d'œil et un coup de coude à Mimmo.

— Eh oui, le jeudi, Abele a toujours la fièvre.

Abele, qui s'était trahi, se mordillait la lèvre.

Tancredi voulut tirer tout cela au clair.

— C'est quoi cette histoire de fièvre ? Et qu'est-ce qu'Angela a fait d'étrange hier ?

Tancredi apprit alors pour le rendez-vous hebdomadaire d'Abele, au milieu des railleries des deux autres : Mimmo ricanait et Gaetano lui demandait si par hasard il ne lui restait pas une petite pilule bleue à lui filer ou s'il avait fini le paquet la veille.

— Je les ai finies, répondit Abele. Et le pire c'est que ça a servi à rien, étant donné qu'hier l'autre salope m'a posé un lapin. Alors je suis retourné à l'auberge, histoire de faire passer l'effet à grands coups de grappa, mais vous étiez déjà allés vous coucher, il n'y avait plus personne, à part un des jeunes qui sont partis ce matin, en tout cas c'est ce que j'ai cru en le croisant en pleine nuit dans le bois, mais je n'en suis plus très sûr. (Il marqua une pause en buvant une gorgée de vin.) J'ai vu Angela marcher dans le brouillard, je voulais l'arrêter mais j'ai eu honte, en plus elle rentrait en direction de l'auberge. N'empêche, je ne comprends pas ce qu'elle faisait seule dehors à cette heure-là, avec le peu de lumière et le brouillard qu'il y avait.

Tancredi écoutait, abasourdi, les paroles du vieux et soupirait en pensant avoir atterri dans un repaire d'ivrognes à moitié fous. Il lança un regard désespéré à Mimmo, mais celui-ci restait immobile et muet à observer Abele.

— J'ai parlé à Piero, dit Mimmo quand il se ressaisit. On a décidé de gagner du temps en inventant une excuse, mais taisez-vous, ils arrivent.

Piero et Angela finirent de servir les entrées puis s'assirent eux aussi à la table des vieux. Tous deux regardèrent un moment Tancredi, puis Angela alla s'installer derrière le comptoir avec le téléphone, tandis que son père ne la quittait pas des yeux: il semblait inquiet. Après un moment de silence général, comme sortant d'un rêve, Piero se tourna vers Tancredi et lui dit en souriant:

— Il me semble que je me souviens de toi moi aussi, c'est possible? On a plus ou moins le même âge, peut-être qu'on était à l'école ensemble? J'allais à Alberigo Gentili, à Palerme.

— C'est fort possible, j'attendais souvent à la sortie, dit Tancredi, mais c'était il y a trente ans, ajouta-t-il, comme pour se justifier, avec un sourire qui lui parut idiot.

LA DEUXIÈME NUIT ET LE DEUXIÈME RÉVEIL

MIMMO proposa à Tancredi de le ramener en jeep, mais même s'il n'était pas rentré chez lui de la journée, il déclina l'invitation, préférant faire quelques pas dans la nuit et le brouillard avant d'aller se coucher. La lune, un tout petit peu plus fine que la veille, éclairait assez la forêt de hêtres et le chemin qui menait à la maison. Quelque part sur une branche, un hibou hululait. Arrivé aux abords du mobile home, où le vent agitait les clochettes de la remise, Tancredi s'assit sur un rocher pour contempler le sommet de la montagne et profiter de la fraîcheur.

Mis à part le hibou, désormais loin, et le cri d'un muscardin dans l'arbre devant chez lui, le silence régnait alentour. Dans sa tête, en revanche, un tumulte de pensées et souvenirs l'assaillait. C'était vraiment le hurlement d'un loup qu'il avait entendu ? Et ce jeune berger, avait-il réellement balbutié ce mot avant de perdre connaissance ? Et qui l'avait agressé ? Pour quelle raison ? Et Ruggero, qu'aurait-il fait à sa place ? D'ailleurs, pourquoi n'était-il pas là pour lui dispenser ses conseils ?

Il sentait dans tout son corps le poids d'une fatigue ancienne qui n'était peut-être pas seulement liée à la journée particulière qu'il avait passée et qui, enfin, allait se terminer. Mille questions se bousculaient dans sa tête, et un désir : celui d'entendre la voix de sa femme. À peine en prit-il conscience que son téléphone, laissé à l'intérieur sur la table de la cuisine, sonna, annonçant un SMS. C'était Sara.

L'idée absurde que lui et sa femme puissent être liés par la pensée ragaillardit Tancredi Pisciotta, qui esquissa même un demi-sourire.

> "Ciao, bébé, tout va comme tu veux ? Alors, qu'est-ce que raconte ta *Camurrìa* ? Elle te laisse souffler un peu ? On dirait bien qu'il n'y a pas de réseau là où tu es, quelle chance tu as ! Ça doit être agréable de pouvoir se couper du monde quelques jours, profite de ce moment de paix et, demain, si tu peux, fais-moi entendre ta voix. Je t'aime. S."

Quelques larmes perlèrent à nouveau aux coins des yeux de Tancredi, qui se sentit soudain seul. Tu parles d'un moment de paix, aurait-il voulu répondre. Il essaya aussitôt de rappeler Sara, en vain : le téléphone le renvoyait aux trois insupportables notes indiquant l'absence de signal. Résigné, il prit une douche puis se mit au lit, avec le roman d'Izzo, et replongea dans cette Marseille frappée par la crise économique, la pègre et le racisme. Il s'endormit peu après.

Piano Battaglia, été 1988

Tancredi, Ruggero et Mimmo, en pleine expédition sur la Lùpara de bon matin, étaient officiellement partis cueillir des champignons mais, en vérité, avec leur lance-pierres et l'arc et les flèches qu'ils avaient fabriqués la veille, c'était le loup qu'ils cherchaient.

— C'est n'importe quoi ce qu'on est en train de faire. C'est n'importe quoi, et vous le savez en plus.

— Tu sais, les animaux sauvages ont plus peur des hommes que toi tu as peur d'eux, il faut pas t'en faire : s'il sent notre présence, le loup prendra la fuite.

— Mimmo, t'es que le fils du garde forestier, t'as dix ans comme moi, qu'est-ce que t'y connais en loups ? Et puis, ça sert à quoi ce qu'on est en train de faire si l'autre prend la fuite ? Vous vous rendez compte que ça rime à rien ?

Tancredi, comme toujours, se débinait, mais il ne pouvait tout de même pas laisser seuls ces deux inconscients obsédés à l'idée de prouver que le loup abattu par Adelmo n'était pas exactement le dernier loup des Madonie, et il avait décidé de les accompagner dans leur mission suicide.

— ... N'empêche, faudra quand même rapporter quelques champignons, si on veut pas se faire pincer.

Ils étaient entrés dans la forêt de hêtres, et plus ils s'enfonçaient, plus la lumière s'amenuisait, jusqu'à en faire frissonner Tancredi et les deux autres, qui ne laissaient rien paraître. Ils s'étaient mis à dire tout ce qui leur passait par la tête, à chanter, à se raconter des blagues, et à se jouer des tours pour dissiper la terreur qui les gagnait. Au quatrième cèpe dans le panier en osier, ils étaient déterminés à sortir du bois, à retourner se réchauffer aux rayons du soleil, quand, non loin d'une clairière, ils avaient entendu un bruit, quelque chose comme un glapissement.

— Putain, c'est quoi ça ?

— Taisez-vous, intima Ruggero qui, comme d'habitude, était le plus tête brûlée de la bande. C'est le loup !

Aucun d'eux n'osa plus prononcer un mot et, même chez Tancredi, une sorte d'excitation insensée avait pris le dessus sur la peur. Ils se cachèrent derrière un rocher recouvert de mousse et observèrent ce qu'il y avait devant eux. Ce qu'ils virent n'avait rien d'un loup. Ce fut Mimmo qui s'exclama, en bafouillant :

— C'est pas un loup ! C'est L'Ours !

Aux premières lueurs du jour, Tancredi, qui avait encore ses notes posées sur le ventre, fut réveillé par les clochettes de la remise. C'était Mimmo Cascio.

— Ils l'ont placé en coma artificiel parce qu'apparemment il a un vilain œdème cérébral et il faut attendre que ça dégonfle… si ça dégonfle.

Il lui avait rapporté les premières nouvelles de l'hôpital de Palerme où Amir avait été admis. Et il lui tendait aussi la veste de Ruggero. Mais les neurones de Tancredi étaient encore dans le monde des rêves et il lui fallut quelques secondes avant de comprendre.

— Tu l'as laissée à l'auberge hier, après que…

Tancredi le coupa, il n'était pas assez réveillé pour visualiser Amir à terre, à demi mort. Il prit la veste et l'enfila.

— Il me faut un triple café, et j'ai oublié d'en acheter hier, descendons ensemble, on pourra parler.

ÇA VEUT DIRE QUOI, NORMAL ?

QUAND elle eut fini de dîner avec les autres et de débarrasser la table, Angela disparut dans sa chambre et Piero, derrière la porte, l'entendait "respirer fort". Sa fille ne pleurait presque jamais, mais quand elle était sur le point de craquer, elle se mettait à respirer fort, comme elle disait quand elle était petite. Il sortit fumer sur la balançoire en pensant à quel point, au fond, le cœur d'Angela était semblable au sien. Il décida que, le lendemain, il prendrait le taureau par les cornes et la conduirait à l'hôpital de Palerme pour voir Amir. C'est probablement le choix que Melina aurait fait et Piero commençait à se rendre compte, avec les années, que sa femme avait souvent raison, sans doute, qu'Angela devait le plus possible être traitée comme une adulte, comme une fille normale. Mais ça veut dire quoi, normale ? Piero était incapable désormais de l'imaginer autrement que telle qu'elle était et surtout, il n'aurait pas voulu qu'elle soit différente. Il n'aurait renoncé à elle pour rien au monde, à sa fille telle qu'elle était, avec les problèmes qu'elle avait. Il lui suffisait de penser à lui, avec ce cœur mou qu'il se traînait depuis qu'il était enfant. Il écrasa sa troisième cigarette dans le pot d'œillets désséchés à côté de lui et alla se coucher.

L'OURS

PALERME, printemps 1988

Au collège Alberigo Gentili, dans le centre de Palerme, un gamin assis tout seul dans un coin de la cour mangeait son sandwich à l'omelette. Depuis quelque temps il détestait cet établissement, surtout depuis que sa mère et son père s'étaient séparés, un an plus tôt, et que, pour lui, rien n'était plus comme avant. Ce n'était pas le divorce de ses parents le problème – au fond, qu'est-ce que ça pouvait bien faire que ces deux-là ne soient plus ensemble –, mais plutôt les changements que cela avait entraînés à son égard : la réorganisation familiale qui avait suivi cette décision avait eu des conséquences directes pour lui. Il s'était efforcé de cacher ce qui lui arrivait, mais on sait tous comment ça se passe : une remarque d'un professeur, un mot des parents des autres élèves, des méchancetés lancées par des ados et la nouvelle avait déjà fait le tour du collège. En plus, il était obligé de changer de chambre tous les week-ends, comme beaucoup d'enfants de divorcés, et devait même quitter Palerme. Son père, Gaetano, n'avait pas trouvé de nouveau logement en ville après la séparation et avait élu domicile à Piano Battaglia, sur les Madonie, où il avait acheté une maison avec l'héritage de ses parents. Tous les samedis après les cours, il ne lui restait donc qu'à flâner pendant deux heures dans le centre en attendant l'autocar qui le conduirait, après quelque trois heures de virages, chez son père d'où il repartait le lendemain soir. Un vrai calvaire. Pour ne rien arranger, l'autocar lui donnait la nausée. Gaetano l'amenait chasser avec lui tous les dimanches matin depuis ses quatorze ans, ce qui se terminait chaque fois par un pique-nique dans un endroit que ses amis chasseurs et lui appelaient l'avant-poste : du pain et du saucisson, un verre de vin à l'insu de sa mère, et puis ils redescendaient tous ensemble. Piero aimait cette vie-là, et il savait que ce n'était pas donné à tous les ados de son âge de passer du temps en forêt avec un fusil. Même si, il est vrai, ses hormones commençaient à le travailler, et il serait bien resté quelques week-ends à Palerme, surtout dernièrement, depuis qu'il était tombé fou amoureux. Mais comment faire pour aborder cette si jolie fille qui se promenait à ce moment-là dans la cour avec ses amies, sous le regard enchanté d'un Piero surpris entre deux bouchées de sandwich ? La scène n'avait pas non plus échappé à un autre de ses camarades de classe, sournois et mesquin comme seuls certains garçons peuvent l'être, ceux-là mêmes que Piero avait secrètement surnommés "Les Emmerdeurs". Sans doute juste après que "Les Emmerdeurs" eux-mêmes l'eurent surnommé L'Ours, non seulement parce qu'il était toujours seul, mais aussi à cause de la montagne, la chasse, et tout le reste. Mais sur le moment, Piero ne pensait pas à ça, il n'y pensait pas du tout. Il ne pensait même plus à manger, trop occupé qu'il était à regarder, bouche bée, cette magnifique fille dont il avait découvert qu'elle s'appelait Ludovica, Ludo pour les amies. Quand soudain un ballon le frappa en pleine tête, interrompant le fil de ses pensées romantiques et envoyant son sandwich par terre.

La honte lui était montée aux joues, aussi éclatante que le rire de la bande qui lui avait fait cette mauvaise blague, et le pauvre Piero était devenu tout rouge, surtout quand il s'était rendu compte que Ludo l'observait de loin, avec un regard qu'il n'était pas parvenu à interpréter. Il avait donc ramassé son sandwich et l'avait jeté dans une poubelle, en grommelant des projets de vengeance, les yeux rivés sur Les Emmerdeurs. À une heure et demie, quand la sonnerie annonçant la fin des cours avait retenti, sa colère et son envie d'en découdre lui étaient déjà passées, aussi parce qu'on était samedi et qu'il avait quelques heures devant lui avant de prendre l'autocar. Il savait que ce jour-là, Ludo restait un moment dans la cour avec ses amies avant de rentrer chez elle, et s'il le savait, c'était parce que depuis quelques semaines, de loin et sans se montrer, il avait pris l'habitude de la suivre. Il avait rangé ses livres et ses cahiers dans son sac à dos dans le plus grand calme, histoire de quitter la salle de classe en dernier avant d'aller se poster au coin de la via Notarbartolo, où Ludo se montrait toujours aux alentours d'une heure cinquante. La salle était déjà vide quand il était sorti. Mais sur le seuil, il se figea. Ludovica l'attendait.

— Ne fais pas attention à eux, ce sont des emmerdeurs mal élevés. Je suis désolée de ce qui t'est arrivé à la récré, j'espère que tu ne t'es pas fait trop mal.

Ébloui par les yeux bleus de la fille, et après avoir regardé autour de lui pour s'assurer que Les Emmerdeurs n'étaient pas de nouveau en train de lui jouer un tour avec la complicité de Ludo, il ne réussit à dire que :

— C'est gentil, merci, mais t'inquiète, c'était rien.

— Ça te dirait de m'accompagner jusque chez moi ? Avec moi, je veux dire, au lieu de me suivre de loin comme tous les samedis.

Piero n'arrivait pas à y croire. Les Emmerdeurs avaient dû convaincre cette princesse de se moquer de lui, c'était la seule explication possible. Mais il devait prendre le risque, il devait dire oui et ne rien ajouter. Une syllabe, facile, rapide à prononcer.

— Oui.

— Ouf! Je commençais à me demander si t'étais pas un psychopathe, dit la jeune fille avec un sourire resplendissant. Au fait, je m'appelle Ludovica, enchantée.

— En… enchanté, moi c'est Piero.

LA *CAMURRÌA*

À L'AUBERGE, il n'y avait personne : elle était tout bonnement fermée, rideau baissé, et il n'y avait nulle trace d'Angela ou de Piero. Tancredi s'était réveillé agité, pétri de doutes et d'interrogations. Était-il sûr de pouvoir en faire part à Mimmo ? Pouvait-il lui faire confiance ? Ils n'étaient que six à habiter cette putain de montagne. Pouvait-il se fier à chacun d'eux ? Pourquoi avait-il l'impression que quelque chose clochait dans ce petit groupe hétéroclite de jeunes et de moins jeunes ? Pendant qu'il marchait avec Mimmo jusqu'à sa voiture, Tancredi regardait en silence la pointe de ses chaussures avancer, écrasant branches sèches, mousses et crottes de moutons sur leur passage, il ruminait, sourcils froncés, sans prêter attention à son vieil ami à côté. Chaque fois qu'il était confronté à un problème, Tancredi sentait un bourdonnement au niveau des tempes, comme s'il pouvait sentir les engrenages de son cerveau s'efforçant de saisir une idée qui commençait à se dessiner mais dont les contours étaient encore flous. Il pouvait presque l'entendre, ce bourdonnement. Il le craignait un peu et lui avait donné un petit nom sicilien : la *Camurrìa*. Il avait beaucoup cohabité avec elle cette année et elle ne l'avait pas encore tout à fait quitté. L'année avait été vraiment compliquée.

Milan, quelques années plus tôt

Tancredi avait passé la nuit à triturer ses résultats d'analyses avant d'oser en parler à Sara. Cela faisait au moins un an que sa femme et lui avaient décidé de ne plus prendre de précautions : Et que ce qui doit arriver arrive ! se disaient-ils en cachant leur tension, même si, au fond, ils avaient déjà décidé qu'à la maison, ils ne seraient plus seulement tous les deux. Ils s'imaginaient qu'il leur aurait suffi de mener une vie saine, d'arrêter toute contraception et de privilégier certains jours. Mais rien n'arrivait. Au bout d'un an, chaque période de règles brisait les rêves de Tancredi et Sara, qui viraient à l'obsession à mesure que le temps passait. Et c'est ainsi qu'un matin, Tancredi s'était retrouvé à devoir se masturber à l'hôpital Niguarda, sans savoir que ce rendez-vous serait le premier d'une longue série dans de multiples cabinets médicaux.

— Madame Cossi, excusez-moi, mais qu'est-ce que vous entendez par "faibles probabilités" ? C'est quelle proportion ?

— Cela veut dire, monsieur Pisciotta, que vous avez deux millions de spermatozoïdes alors qu'il vous en faudrait un milliard. C'est ça la proportion.

— D'accord mais, les deux millions que j'ai, ils ne sont vraiment bons à rien ? Deux millions, c'est quand même quelque chose !

— Vous voyez les jeunes couverts de piercings qui squattent devant les magasins discount avec leurs chiens et demandent "une pièce ou deux pour s'acheter des bières" ?

— Oui, je vois très bien, mais quel est le rapport ?

— Vos deux millions de spermatozoïdes, ils sont dans le même état que ces punks à chiens : ils ne tiennent pas debout, ils sont incapables d'articuler quand ils parlent et ils n'ont pas assez de monnaie pour s'acheter des bières. Tout ça pour dire que vos pauvres bougres doivent s'armer de bonne volonté et accomplir un effort physique aussi intense que cent fois l'ascension de l'Everest. Vous avez compris ? Vous les voyez comment les chances de vos spermatozoïdes ?

On ne pouvait pas dire que le Docteur Cossi manquait de franc-parler. Et c'est ainsi qu'avait commencé la grande odyssée de Tancredi Pisciotta dans le monde de la procréation médicalement assistée. Une odyssée qui allait impliquer des files interminables dans des salles d'attente remplies d'hommes, entre vingt-cinq et quarante-cinq ans, généralement d'humeur exécrable, presque tous les yeux rivés sur l'écran éteint de leur smartphone. Une odyssée avec des infirmières qui vous appellent par un numéro pour respecter votre vie privée, même si cela n'empêche pas de devoir vous lever au milieu d'une foule d'hommes aussi incomplets que vous et qui, comme vous, vivent dans le meilleur des cas ce sentiment d'incomplétude comme un cauchemar. Une odyssée de branlettes en chaîne dans des cabines vétustes, meublées avec des reliques des années 1980, où d'affreux pornos tournaient en boucle sur des ordinateurs IBM de la même époque : "Vous n'avez qu'à allumer l'écran, l'ordinateur a déjà démarré, n'oubliez pas de mettre le loquet, on ne sait jamais." Comment ça, on ne sait jamais ?

Une odyssée qui allait impliquer l'attente exaspérante des résultats des branlettes susmentionnées, de plus en plus alarmants. Une odyssée qui se transformerait en cure hormonale d'une année, une année interminable à se piquer le ventre quotidiennement, provoquant chez Tancredi une forme de syndrome prémenstruel continu qui pouvait le faire éclater en sanglots même devant les publicités pour les biscuits Mulino Bianco. Il était hors de question d'oublier ne serait-ce qu'une injection, au risque d'anéantir tous leurs efforts. Cela voulait dire se déplacer constamment avec un sac plein de fioles et de seringues et ce remède si précieux et si onéreux que, Dieu merci, l'État allait payer. C'était l'étape obligatoire avant d'entamer la PMA. Entamer. Le processus allait impliquer le prélèvement simultané d'ovocytes de la maman (au moyen d'une "petite" intervention pénible) et de spermatozoïdes du papa (nouvelle branlette), lesquels seraient ensuite réunis artificiellement, in vitro, puis réimplantés dans le ventre de la maman, mais seulement après la formation d'embryons, appelés blastocystes. Parce qu'il faut le dire, une autre torture diabolique qui accompagne ces années de PMA, c'est ce vocabulaire rose et bleu, mêlé de petits mots doux et sirupeux, maman, papa, bidon, et l'envie irrésistible de hurler.

Cela avait pris des années. Des années à attendre telle ou telle analyse, telle ou telle branlette, à se demander si des embryons s'étaient formés, des années de coups de téléphone à l'hôpital pour prendre des nouvelles d'une personne encore à naître, une personne en puissance. Des années au cours desquelles les moments d'inconfort avaient fini par contrebalancer ceux des débuts, remplis d'optimisme et d'enthousiasme. La peur de finir seuls. De ne plus avoir de liens de sang autour de soi. Surtout depuis la mort de Ruggero.

— Il faut rester serein, changez-vous les idées, vous devez penser à des choses légères et positives.

C'est ce que tout le monde – médecins, infirmiers et infirmières, acuponcteurs, masseurs, profs de yoga – leur conseillait à l'hôpital. Mais Tancredi traversait les pires années de sa vie. Il en était incapable.

Cinq embryons.

Cinq embryons s'étaient formés.

Sains, parfaits, en excellente santé.

Le jour de la réimplantation était arrivé. Ils connaîtraient le résultat au bout de trois jours. Il y avait un risque que les embryons ne s'accrochent pas, ou qu'ils se décrochent après coup, ou qu'ils se révèlent moins viables que prévu. Durant les trois jours qui s'écoulèrent entre la fécondation à proprement parler et les premières analyses sanguines de la bêta-hCG pour savoir si Sara était enceinte ou non, durant ces trois jours interminables, Tancredi était constamment en proie à deux sensations contradictoires : l'odeur de mort qui ne le quittait plus depuis l'enterrement de Ruggero et la force magnétique de la fécondation assistée qui l'attirait vers la vie.

Ils avaient cinq embryons. Si l'opération s'avérait concluante, ils pourraient congeler les quatre autres, au cas où, un jour, ils voudraient retenter l'odyssée et avoir un deuxième enfant.

Mais cela ne se passa pas comme ça.

— On retentera le coup, avec moins de stress, et en prenant la chose avec plus de légèreté.

Sara était éprouvée, mais elle refusait de se laisser abattre.

Quatre embryons.

Quand ils descendirent du 4x4 de Mimmo Cascio, la même effervescence régnait toujours dans la tête de Tancredi, même si la *Camurrìa* n'avait plus atteint l'intensité de la période de feu. Ce matin-là cependant, et il savait que ce n'était pas à mettre sur le compte du vin, Tancredi sentait que le bourdonnement dans son cerveau n'était pas loin de son niveau historique, ce qui le rendait soucieux et irascible. Qu'y avait-il, dans cette improbable auberge de jeunesse qui tenait plutôt du repaire de vieux ivrognes, pour que ses tempes se remettent à bourdonner ? Les chaussures devant lui ne bougeaient plus. Tancredi avait alors redressé la tête : ils se trouvaient face au refuge abandonné. Il s'était arrêté pour le regarder de loin, l'endroit était devenu sordide, la végétation avait commencé à le recouvrir et la forêt voisine n'allait pas tarder à l'engloutir. Mais Tancredi, qui le voyait encore à travers ses yeux d'enfant, s'étonnait de se sentir si attaché à ce lieu et à ses souvenirs.

— L'endroit a l'air de drôlement t'intéresser : tu veux entrer ?

— T'as les clés ? demanda Tancredi, les yeux toujours rivés sur la façade couverte de lierre.

— Évidemment que j'ai les clés.

— Dans ce cas, allons-y.

Piano Battaglia, été 1988

Après avoir passé des heures à jouer sur le petit terrain de jeux, une balançoire et un toboggan un peu rouillé, Ruggero, Tancredi et Mimmo épuisés somnolaient devant la cheminée du refuge, pendant que les adultes discutaient à table, après dîner. À l'époque, dans les années où le tourisme sicilien n'avait pas encore snobé Piano Battaglia pour les stations au nord, les skieurs pouvaient choisir de reprendre des forces à l'auberge ou au refuge, pourvu de son propre restaurant. Ce dernier avait quelque chose de magique, de fabuleux pour les enfants, presque un miracle de Noël. L'intérieur était tout en bois, et l'immense cheminée dans le hall d'entrée, qui n'était pas au même niveau que le reste, était comme entourée d'un salon en pierre : un petit amphithéâtre avec les flammes qui occupaient la scène. Il fallait descendre trois marches et ils pouvaient s'affaler sur de gigantesques coussins en laine, chauffés par la cheminée, et rester là à se raconter des bêtises pendant que leurs os séchaient avec les excès de la journée à la montagne, qui s'évaporaient enfin dans le sommeil.

— Comme si cette histoire de dernier loup ne suffisait pas, nous voilà maintenant avec un nouveau mystère à résoudre.

— Comment ça, un nouveau mystère ? On ne ferait pas mieux de s'occuper de nos affaires ?

— C'est vrai, Ruggero, ton frère a raison. Qu'est-ce qu'on en a à faire de ce pleurnichard ? Il avait l'air d'avoir assez de soucis comme ça, on ne va pas lui en rajouter.

— Comment ça, qu'est-ce qu'on en a à faire ? Vous n'êtes pas curieux, vous ? On part à la recherche d'un loup, et à l'endroit où le grand-père aurait, paraît-il, abattu le dernier, au lieu de trouver la bête, on tombe sur un pauvre type qui pleurniche tout seul au milieu des bois. Non mais ça vous rappelle pas l'histoire des Goonies ? Vous avez oublié comment ça marche, les aventures ?

— D'abord, le type pleurait, il ne pleurnichait pas. Et puis, pourquoi est-ce qu'on doit toujours chercher les ennuis ?

LES YEUX NE PARLENT PAS

PIERO, Gaetano et Angela patientèrent un bon moment dans la salle d'attente du service de réanimation de la Villa Sofia. Dans un hôpital palermitain, un tel endroit peut très vite ressembler à l'enfer. Ce matin-là, il n'y avait pourtant pas de mères ni de grands-mères éplorées ou angoissées, personne qui se disputait ou menaçait le personnel soignant d'en venir aux mains, pas non plus de types sans-gêne avec leur cigarette allumée et leur chaîne en or, pas de cris, pas d'agitation, pas de jurons. Étrangement, il n'y avait pas âme qui vive, ce qui ne les empêcha pas d'attendre tout de même plusieurs heures, car aucun d'entre eux ne faisait partie de la famille d'Amir et un employé avait fait des histoires. Mais Gaetano avait insisté, expliquant à un jeune infirmier en blouse verte, qu'il avait appelé docteur, combien cela ferait du bien à sa pauvre petite-fille de voir Amir. “Alors seulement cinq minutes, et seulement maintenant que la cheffe de service prend sa pause déjeuner”, leur avait-il répondu, en regardant Angela avec un sourire plus complice que compatissant. L'adolescente avait passé les cinq minutes imparties le nez contre la vitre qui les séparait d'Amir à triturer la main de son grand-père. Elle avait l'air hypnotisée par le peu qu'elle parvenait à voir : Amir était à moitié caché derrière un rideau bleu, et on ne devinait que des bandages et des tuyaux. De temps en temps, on entendait le bip faible d'un moniteur. Elle ne pleurait pas, elle ne riait pas, elle respirait un peu plus fort que d'ordinaire, et semblait seulement chercher un signe de réconfort dans les yeux de Gaetano et de son père qui, lui, ne quittait pas ceux de sa fille, que la peur avait rendus plus grands et plus ronds. L'infirmier attira leur attention avec un "psst !" et les fit sortir juste à temps pour ne pas être vus de la cheffe de service et d'un médecin-chef qui revenaient accompagnés d'une femme en civile arborant un insigne de police autour du cou et d'un jeune homme en uniforme. Celle-ci sembla la regarder dans les yeux avec curiosité quand elles se frôlèrent dans la salle d'attente. Les yeux d'Angela parlaient peut-être. Mais dans quelle langue…

LA NUIT DU 31 AOÛT

Piano Battaglia, quelques jours plus tôt

De la fumée commença à s'échapper de la cheminée du refuge. D'abord quelques bouffées, comme si elle se raclait la gorge après un long sommeil, puis une épaisse traînée bleue se répandit. De loin, on aurait pu la voir s'élever au-dessus de la forêt de hêtres. Autour, un silence profond et dense que pas même un grillon ne venait troubler. Une fenêtre de la salle du restaurant laissait entrevoir une lueur vacillante. Il faisait bon dans le refuge, le feu crépitait entre deux bûches et quelques brindilles, éclairant tout le reste : les chaises retournées sur les tables et couvertes de toiles d'araignée, les fenêtres barricadées, l'obscurité, et sur les trois grandes marches les visages des deux adolescents, collés l'un à l'autre.

— J'en peux plus, dit-elle.

— Courage, on y est presque, on est à ça d'y arriver, mon amour.

— C'est un vrai dilemme pour moi, tu sais, répondit-elle en enroulant une boucle de cheveux autour de ses doigts, le regard un peu perdu dans les flammes.

— Un dilemme ? Qu'est-ce que ça veut dire ?

— Un dilemme, c'est quand on aimerait faire quelque chose pour soi, mais qu'on sait que ça brisera le cœur de quelqu'un d'autre.

— Il est beau ce mot.

— Tous les mots sont beaux. C'est ce qu'ils renferment qui…

— Je sais que tu as de la peine pour lui, mais si on ne fait rien, il ne te laissera jamais partir.

Il marqua une pause, se demandant ce qu'il risquait avec sa question. Mais il s'était juré qu'il ne lui raconterait jamais d'histoires. Contrairement à tous ceux qui l'entouraient et ne faisaient que ça. Il prit donc son courage à deux mains et lâcha :

— Tu es sûre que ça va aller ?

Elle répondit dans la seconde. Sans une once de doute dans le regard, soudain vif et vibrant, tandis qu'elle cherchait, l'air grave, ses yeux à lui.

— Fuir sa famille du jour au lendemain, c'est la première chose que j'ai apprise dans la vie, ce n'est pas le problème, expliqua-t-elle.

Il reprit son souffle puis tenta de parler d'autre chose, mais il dérapa de nouveau.

— En plus, on a tout l'argent qu'il nous faut à présent.

— Comment tu as fait ?

— C'est un secret, je te l'ai dit, il faut vraiment qu'on en parle maintenant ?

Le cœur d'Amir aussi renfermait un dilemme. Était-il vraiment si différent des autres, en fin de compte ?

Angela se mit à califourchon, interrompant ces pensées, et l'embrassa sur son front renfrogné qui, aussitôt, se détendit.

— Tu as raison, n'en parlons plus, répondit-elle en enlevant son pull.

Amir balbutia.

— Tu es sûre ? Tu as pris ta décision ?

— C'est bon, n'en parlons plus, je t'ai dit.

Elle s'allongea sur le dos, ouvrit les jambes en amante experte et invita Amir à entrer en elle, en se contentant de dire :

— Doucement.

COMME QUAND ILS ÉTAIENT ENFANTS

TANCREDI, une lampe torche à la main, se frayait un chemin dans l'obscurité du refuge abandonné, Mimmo lui emboîtait le pas.

— Fais gaffe, tout le plancher est pourri.

Le refuge était dans un piteux état ! Le voir ainsi inspira une profonde tristesse à Tancredi. Et lui faisait mesurer à quel point le temps avait filé. Il avait un souvenir très précis de cet endroit tout à coup. Sara ne ratait jamais une occasion de se moquer de cette capacité de se souvenir de tout dans les moindres détails. "Mon Rain Man", le surnommait-elle, en posant un baiser sur son front. Il aurait pu dessiner le refuge les yeux fermés : chaleureux, accueillant, rempli de joie et de lumières. Les skis entassés à l'entrée. Les nappes à carreaux sur les tables. Le doux fumet du sanglier en sauce. Et un imposant saint-bernard, un petit tonneau attaché au collier, qui ronflait devant la cheminée.

Devant les yeux de Tancredi, ce jour-là, ce n'était plus qu'un spectacle de désolation. Il se serait cru sur une planète sans vie, à l'abandon, où le temps se serait arrêté. Comme dans un film dystopique. Tancredi chercha la cheminée des yeux, et descendit les trois marches qui y menaient. Qu'est-ce qu'il l'avait aimée cette énorme cheminée quand il était petit !

— Tu te rappelles la fois où on est partis chasser le dernier loup ? demanda-t-il à Mimmo, en regardant toujours devant lui.

— J'ai de vagues souvenirs de cette histoire, mais c'est surtout des images confuses et floues. Rafraîchis-moi la mémoire.

— Ne me dis pas que tu as oublié l'histoire de ce loup que mon grand-père disait avoir tué par erreur ! Ruggero voulait à tout prix le retrouver, et on est partis à sa recherche.

— Bon sang, t'as une de ces mémoires toi, comment tu fais ? riait Mimmo, en donnant à Tancredi la réponse qu'il avait l'habitude d'entendre.

Tancredi fit un pas de plus vers la cheminée et laissa son regard errer. La bouche ouverte, la lampe torche pointée sur cinq ou six photographies accrochées au mur. Au centre, entouré de paysages enneigés et de portraits de moniteurs de ski sur les pistes, il y avait un espace vide, comme si quelqu'un avait récemment enlevé un cadre. Un petit cadre.

En une fraction de seconde, son cœur s'emballa, lui faisant oublier tout le reste. Il y eut un grand fracas dans le hall d'entrée, puis une voix de femme :

— Police ! Qui êtes-vous ?

LA FLIC

L'INSPECTRICE Gaia Di Bello avait l'air tout sauf ravie de les trouver là. Elle paraissait même hors d'elle. Elle était passée à l'hôpital constater l'état de santé du jeune berger avant de prendre la direction de Piano Battaglia pour y interroger Mimmo Cascio, puisque c'était lui qui avait appelé les secours. Mais devant la bicoque du garde forestier, elle avait reconnu le 4x4 de Cascio garé à côté du vieux refuge abandonné. Une portière était ouverte, côté passager, tout comme la porte du refuge inoccupé depuis des années. Au vu des derniers événements qui avaient agité cette montagne, l'inspectrice Gaia Di Bello avait eu une peur bleue. Et de la peur à la colère, il n'y a qu'un pas. Quelle idée avait eue Tancredi Pisciotta de retrouver un homme à moitié mort ? Et surtout, pourquoi n'avait-il pas eu la présence d'esprit d'alerter la police ? Monsieur ne regardait donc jamais la télé ? Il ne savait pas qu'en cas de tentative d'homicide, il faut appeler la police ? Elle pourrait très bien le soupçonner ! Tancredi Pisciotta avait peut-être bon cœur mais son comportement ne jouait pas en sa faveur. Se rendait-il compte de tout ça, au moins ? À le voir, on ne dirait pas.

Cinquante-cinq ans. Ni belle ni moche. Un visage sans plus. Cheveux noirs, peau mate, rides de fumeuse, regard noir. Elle lui rappelait un oiseau, une pie voleuse, ce qui était pour le moins ironique. Une pie voleuse avec une cigarette au bec. Des Multifilter Blue 100's, celles avec le filtre blanc. C'était là son unique concession au cliché de l'inspectrice. Elle n'avait pas de holster coincé sous l'aisselle, seulement un badge avec sa photo toujours pendu à son cou. Deux alliances à l'annulaire gauche. Un accent à couper au couteau, celui de l'arrière-pays sicilien, des montagnes : âpre et rocailleux. Et sa voix. Elle ne criait pas, mais c'était pire. Dans sa bouche, la mélodie propre à la région de Catane se transformait en une litanie insupportable. Elle s'immisçait dans votre cerveau. Or le cerveau de Tancredi Pisciotta avait déjà assez de grain à moudre avec la *Camurrìa*.

— *Dottoressa**, mettez-vous à ma place, ces dernières vingt-quatre heures ont été pour le moins intenses, tenta de se justifier Tancredi, écrasé de migraine sur une chaise en plastique vert kaki tout ce qu'il y a de plus inconfortable, avec le logo des bières Forst sur le dossier, devant l'inspectrice Gaia Di Bello qui avait prétendu vouloir échanger deux mots avec lui dans les cuisines de l'auberge.

Elle le coupa aussitôt.

— Pour commencer, je ne suis pas *dottoressa*. Autrement je ne serais pas dans ce coin paumé à jouer les inspectrices de police, et si vous croyez que c'est une bonne idée de

* *Dottoressa* est le féminin de *dottore*, titre honorifique adressé à toute personne ayant obtenu un diplôme universitaire, quelle que soit sa discipline.

comparer vos dernières vingt-quatre heures aux miennes, je vous arrête tout de suite : je me fiche royalement de votre migraine ou de l'intensité de votre vie. Quelle mouche vous a piqué de ne pas alerter les forces de l'ordre quand vous avez trouvé cet homme à moitié mort ?

— Je suis désolé, je n'ai pas l'habitude de trouver des personnes dans un tel état, ça n'est pas quelque chose qui m'arrive tous les jours, c'est tout. Je m'en rends bien compte maintenant, mais dans le feu de l'action, je n'y ai pas pensé une seconde. J'imagine que ça fait de moi un suspect.

— Ne dites pas n'importe quoi, qui a parlé de suspect ? On n'est pas dans une série télé. Nous savons pertinemment que vous veniez d'arriver au moment des faits, ou au moment supposé où les faits se sont produits. Évidemment, ça m'arrangerait que vous me racontiez tout depuis le début, et sans omettre le moindre détail, cette fois.

Tancredi avait donc entamé son récit et l'inspectrice s'allumait la première cigarette de son deuxième paquet de la journée.

CIGARETTES

De retour à Petralia, l'inspectrice Gaia Di Bello avait les idées encore plus confuses, si tant est que ce fût possible. Elle repensait aux questions et réponses qui avaient suivi dans cette auberge de jeunesse où la jeunesse se résumait à la présence d'une adolescente. Et, comme chaque fois qu'elle avait besoin de réfléchir, elle enfila son jogging et ses baskets, fourra dans sa poche son paquet de cigarettes et alla courir sur les routes de ce village de malheur. Toute cette nature autour d'elle lui sortait par les yeux, courir sur le goudron lui faisait mal aux chevilles et aux genoux. Gaia Di Bello rêvait de s'entraîner sur de l'asphalte, ou dans un parc urbain du genre de Central Park. Très chic, ça, le petit footing dans Central Park. Sauf que son lot à elle, c'était Petralia Sottana. Patience. Elle aimait courir tôt le matin, au saut du lit, mais avec tout ce qui s'était passé ce jour-là, elle n'avait pas pu respecter ses habitudes.

Il y avait rarement des tentatives de meurtre dans le coin. Il était probablement déjà arrivé, par le passé, que des gens en cavale, des boss de la mafia viennent se cacher dans ces montagnes, ça ne faisait même aucun doute. Mais une tentative de meurtre ? Sur un jeune berger marocain ? Qui pouvait en vouloir à ce jeune homme ? Qu'avait-il pu faire pour s'attirer autant de haine ? Ce semblant d'interrogatoire à l'auberge n'avait fait qu'ajouter à la confusion, comme si, par osmose, le brouillard de Piano Battaglia s'était insinué dans son cerveau. Elle avait donc convoqué les six habitants de cette montagne absurde le lendemain dans son bureau à Petralia. Elle leur avait demandé de rappliquer tous autant qu'ils étaient, même ce gratte-papier, ce journaleux, ce bon à rien de bobo avec son pull à coudières. Elle l'avait tout de suite cerné : il était certainement de ceux-là. Un de ces éternels ados qui se réveillent un jour adultes et ne savent pas quoi faire, ni comment. Elle était loin de le soupçonner de quoi que ce soit, mais son intuition lui intimait de continuer à discuter avec lui. En plus, il avait un je-ne-sais-quoi qui n'était pas pour lui déplaire, et rien que d'y penser, cela l'irritait, l'agaçait encore plus. Elle fit une pause pour s'asseoir sur un muret, maudissant son genou, son âge, sa vie et les intellos de gauche, et alluma la dixième cigarette de son second paquet pour reprendre son souffle. Qu'est-ce qu'elle aimait fumer quand ses alvéoles pulmonaires étaient encore dilatées. Elle observait les volutes monter en direction de la lune qui commençait à décliner et pensait que, la nuit des faits, ce Pisciotta venait à peine de débarquer, les vérifications de son billet d'avion et de la location de voiture le confirmaient et disculpaient ce prétendu écrivain qui, elle devait bien l'admettre, était tout compte fait quelqu'un de discret qu'elle aurait volontiers mis dans son lit. Elle devait donc se concentrer sur qui, parmi les habitants, aurait pu s'en prendre à Amir Abdel Salam ou avoir affaire à lui. D'après les informations qu'elle avait recueillies, en plus de l'aubergiste, des vieux, du garde forestier et de cette pauvre gamine, il y avait aussi des jeunes à l'auberge cette nuit-là. Elle avait demandé à consulter le registre des nuitées, mais comme elle n'en pouvait plus de cette journée, elle avait senti le besoin de dérouiller sa vieille carcasse avant de reprendre ses recherches. Sa curiosité la ramenait maintenant à l'affaire, elle se releva, s'alluma une cigarette avec le reste de la précédente et rentra chez elle pour se remettre au travail. Elle avait eu raison d'aller courir, ça lui avait fait du bien.

UNE ÉPINE DANS LE FLANC

LES brebis bêlaient, comme paniquées par la faim, et leur plainte lugubre et angoissée résonnait sur le plateau. Tancredi n'en pouvait plus. Comment s'était-il fourré dans ce guêpier ? Il ne pouvait déjà plus voir ces vieux en peinture et voilà maintenant qu'il avait cette fliquette sur le dos. Il marchait, pensif, Mimmo à ses côtés, entourés uniquement du bruit de leurs pas, réglés l'un sur l'autre.

Les mains dans les poches, un pas après l'autre sur la piste défoncée le ramenant chez lui. Il gardait le silence mais, de toute évidence, quelque chose le taraudait et le torturait, comme une épine dans le flanc. Une idée commençait à se former dans son crâne, désormais assiégé par la *Camurrìa*, comme un téléviseur allumé sur le bruit blanc, ce brouillard hypnotisant pareil à de la neige. Il était à deux doigts de la saisir, cette idée, mais elle était encore floue, confuse. Mimmo ralentit à l'endroit où la route croisait un sentier.

— Je prends de ce côté, les brebis d'Amir doivent devenir folles, enfermées dans cet enclos, je vais m'en occuper.

Sans un mot de plus, ils prirent congé l'un de l'autre d'une vigoureuse poignée de main.

Tancredi se remit en chemin. Il avançait d'un pas décidé, puis augmenta la cadence, ce qui ne fit qu'ajouter à sa douleur.

Quand il s'élança au pas de course dans la montée, celle-ci devint véritablement insupportable. Il s'arrêta. Le souffle court, le cœur qui battait à tout rompre, l'altitude et le dénivelé, ajoutés à ses quarante ans, aux cigarettes et à son manque d'activité physique, il était à l'agonie. Un point de côté lui transperçait presque les côtes, c'était un supplice. Il souleva son pull au-dessus de son nombril et, sur le flanc, la peau avait rougi, la douleur était bien physique, ce n'était pas son imagination. Quelque chose le piquait dans sa veste. Tancredi inspira calmement, par le nez, les yeux fermés : la *Camurrìa* s'évanouit, comme des mots écrits dans le sable qu'une vague efface.

— Je suis vraiment trop con, dit-il tout haut.

Il glissa la main dans la poche de sa veste et sortit le cadre qu'il avait trouvé sur le berger, il le regarda comme s'il le découvrait pour la première fois. Il lui était complètement sorti de la tête. Quelques secondes plus tard, il revit l'espace vide sur le mur du refuge. Pourquoi n'y avait-il pas pensé plus tôt ? Puis, il eut le réflexe de regarder derrière lui, comme pour s'assurer que personne ne pouvait le voir. Un muscardin couina en tirant sur sa queue d'écureuil et lui jeta un coup d'œil avant de finir son ascension au sommet du hêtre. Tancredi changea le cadre de poche et se remit à courir jusque chez lui. Aussi vite qu'il pouvait.

Il entra, ôta sa veste et tira les rideaux. Il alluma une lampe et s'assit sur le canapé, le cadre entre les mains. Tancredi dut se frotter deux fois les yeux. Sous le verre se trouvait une page de journal avec au centre un article illustré d'une photographie. C'était le portrait de trois hommes, et celui qui souriait au milieu n'était autre qu'Adelmo, son grand-père.

Tancredi se versa un verre de vin et lut la coupure de presse sans la sortir du cadre : il était question de l'abattage du dernier loup des Madonie, et la photographie entourée de deux ou trois faits divers donnait à voir non seulement son grand-père, mais aussi Abele et Gaetano, jeunes, posant en tenue de chasseur, le fusil à l'épaule.

Maintenant que la *Camurría* avait déserté, les mots d'Amir résonnèrent dans sa tête : "Le loup".

Puis "Le loup".

Et encore "Le loup".

Il jeta un œil dehors, la montagne lui paraissait sombre et hostile ; les pistes de ski semblaient dessiner un visage renfrogné dans le vert foncé des arbres, un visage qui luisait dans la nuit d'une façon sinistre. Tancredi frissonna. Que se tramait-il sur cette montagne ? Quelles créatures la peuplaient, et combien étaient-elles ? Était-ce son imagination, ou avait-il vraiment entendu un loup hurler la première nuit ?

Peut-être que seul son frère aurait su l'aider.

Peut-être que le moment était venu de se remettre à la chasse.

Peut-être qu'il allait devoir repartir à la recherche du dernier loup.

LA VILLA

PALERME, printemps 1988

L'Ours, comme tout le monde l'appelait au collège, marchait à cinquante centimètres de Ludo et à un mètre au-dessus du sol, et il se sentait heureux, même s'il aurait été bien incapable de mettre un nom sur ses papillons dans le ventre et ses genoux en coton. Ils avaient séché les cours tous les deux et se promenaient maintenant dans la ville que Piero n'avait jamais trouvée aussi belle. Ils avaient décidé de prendre le bus qui, de via della Libertà, les conduirait à la gare centrale. Puis ils continuèrent à pied jusqu'au centre historique, dans le sens inverse de celui de l'aller, de via Maqueda à Quattro Canti, et c'est ainsi qu'à l'heure où aurait dû sonner la récréation, ils "descendirent" à Vuccirìa, où ils avalèrent des beignets de pois chiches pour le goûter, avant de "remonter" via Bara all'Olivella en direction de cette merveille qu'était le théâtre Massimo, fermé au public depuis des années, et où aucun des deux n'avait jamais mis les pieds.

— C'est vraiment injuste qu'il reste fermé. Il doit bien y avoir un moyen de rentrer.

Ludovica plaisantait peut-être mais Piero ne voulut pas se défiler.

— Et si, une nuit, on essayait d'entrer en cachette ? Regarde cette fenêtre, là, elle est déjà cassée. En plus, comme le théâtre est à moitié abandonné, on ne risque pas de se faire pincer !

Elle le regardait comme s'il était très courageux ou très fou, mais l'idée semblait lui plaire. Ils continuèrent à en parler un moment et s'imaginaient déjà entrer par effraction, la nuit, avec des lampes torches, comme dans les films d'espionnage. Le projet les enthousiasmait à un tel point qu'ils se promirent d'y réfléchir plus sérieusement lorsqu'ils montèrent dans le bus pour Mondello.

— Quand on sera chez toi, il faudra que je passe un coup de fil : un ami de mon père doit venir me chercher, et il faut que je lui donne une adresse.

— T'as qu'à lui donner la mienne, comme ça on l'attendra sur la plage devant chez moi. En plus, j'ai jamais vu un ours à la mer, je suis curieuse de voir comment il se comporte.

— Ah ah, très drôle.

Une fois sur la plage, assis côte à côte, un silence gêné s'installa. Tous deux regardaient droit devant eux les vagues qui déferlaient sur la baie, incapables de s'adresser un regard. Ludo attendait que Piero prenne une initiative et lui se demandait si le moment était à tout hasard venu de faire quoi que ce soit. Le genre de situations gelées qui pouvait s'éterniser pendant des mois. Piero finit par se tourner pour la contempler. Ludo était belle, trop belle peut-être : qu'est-ce qu'une princesse comme elle pouvait trouver à un cas social comme lui ? Que faisait un ours tel que lui assis devant ce manoir de style Liberty où Ludo habitait avec sa famille ? Comment s'était-il retrouvé là ? C'est à ce moment-là qu'il vit du coin de l'œil surgir la Fiat Panda 4x4 flambant neuve qu'Abele venait d'acheter avec Dieu sait quel argent étant donné qu'il était connu pour se plaindre continuellement de ne jamais en avoir. Pendant qu'Abele, bouche bée, contemplait la villa de Ludovica, ils regagnèrent la maison juste le temps de prendre le sac à dos de Piero et se dirent chastement au revoir d'un baiser sur la joue, avant qu'il monte dans la voiture.

— Un bécot sur la joue ? Non mais t'as pas honte ? Vous avez l'air de deux tourtereaux, et c'est tout ce que tu trouves moyen de faire ? Un bécot sur la joue. Me dis pas que t'es une tafiole ? C'est un bon coup de bite que tu devrais lui donner à ton âge !

— Merci Abele, qu'est-ce que je ferais sans tes précieux conseils de gentleman.

— T'inquiète, en voilà un autre, répondit Abele, sans saisir le moins du monde l'ironie de Piero. Moi, ce que j'en dis, c'est pas plus mal, parce que les gars comme toi sont pas faits pour des bourgeoises dans son genre. T'as vu le palace qu'elle a ? Ils sont combien là-dedans, un régiment ?

— Ils sont que trois, en théorie, mais en réalité, Ludo reste seule jusqu'au soir. J'imagine que ses parents travaillent beaucoup, je sais pas.

Abele resta quelques instants à contempler la villa.

— Ah oui ? Pauvre bichette.

Piero ne broncha pas, sortit un livre de son sac et fit mine de lire jusqu'à ce qu'arrivent les virages et la nausée.

LE TROISIÈME JOUR

TANCREDI Pisciotta était sorti en fin de matinée car il voulait être à Petralia avant le déjeuner : Di Bello ne lui avait pas remis de convocation en bonne et due forme, il fallait considérer leur rendez-vous, pour reprendre ses termes, comme une simple “visite de courtoisie”. Va savoir ce qu'elle entendait par courtoisie, se disait Tancredi. Il avait laissé le cadre et l'article sur la table de la cuisine et y songeait, le revoyant sur la nappe à carreaux, tandis qu'il conduisait lentement.

Agacé et en proie à une migraine digne du Guinness des records, Tancredi, mains dans les poches et tête baissée, se concentrait sur le goudron des routes de Petralia Soprana au lieu de s'émerveiller devant le magnifique panorama qu'offrait ce petit hameau juché sur un pic entouré de montagnes, comme un petit balcon surplombant la cour intérieure d'un palais. Petralia aussi aurait pu lui évoquer mille souvenirs, mais en partie parce qu'il avait mal au crâne, en partie parce qu'il n'était pas tranquille à l'idée de retrouver l'inspectrice, Tancredi était insensible à ce qui l'entourait. Une fois devant le bar sur la place du village, des voix familières le ramenèrent dans le monde des vivants :

— Cette fliquette ne sait pas du tout par où commencer et nous soupçonne tous, je vous dis.

À les entendre, Di Bello avait perdu patience quand elle les avait interrogés, elle avait soupiré, levé les yeux au ciel, haussé le ton et même juré. Les cinq racontèrent à Tancredi ce qu'ils avaient déclaré à l'inspectrice, et en effet, aucun ne semblait avoir d'alibi.

Tancredi paraissait fatigué. Il était à Piano Battaglia depuis trois jours et avait la sensation que ça faisait un siècle. Di Bello l'observait avec ses petits yeux de pie, peut-être un peu plus maquillés que la veille, et quelque chose comme un sourire, dans un silence inhabituel, aussi inhabituel que la cigarette éteinte pendue à ses lèvres, le filtre maculé de rouge. Elle prit la parole peu après avoir allumé sa Multifilter et tiré une première bouffée. Elle parla en expirant la fumée.

— Il semblerait que la nuit des faits, au moment précis où ils se sont déroulés, vos copains étaient tous dehors à prendre l'air. Si ça ne tenait qu'à leurs alibis, il y a longtemps qu'ils seraient tous à l'Ucciardone*.

Tancredi écoutait comme s'il portait sur ses épaules tout le poids de la montagne.

— Ce ne sont pas vraiment mes copains mais peu importe, à part juger de leurs alibis, vous avez quoi ?

— Pourquoi je devrais vous le dire ?

* L'Ucciardone est une prison au centre de Palerme.

— Je ne sais pas, c'est vrai.

— Je reformule ma question : pourquoi, quelque part, je ressens le besoin de vous en parler ?

— Parce que vous vous sentez seule au milieu de tous ces montagnards, que vous ne les comprenez pas.

— Ça fait dix ans que je suis bloquée ici, je devrais avoir appris depuis le temps.

— C'est vrai. Et si vous n'avez toujours pas appris, je doute que vous y arriviez comme par magie d'ici les prochains jours.

— Ah, ça ! Le fait est que vos amis montagnards n'étaient pas les seuls à l'auberge la nuit des faits, et ils n'étaient pas non plus les seuls en proie à une insomnie ou à une crise de somnambulisme, si j'en crois ce que m'a dit ce vieil Abele…

Di Bello fouilla dans ses papiers pour vérifier le nom d'Abele et tomba sur des clichés qu'elle montra à Tancredi en lui expliquant que, d'après le registre des nuitées, quatre hommes avaient passé la nuit à l'auberge, quatre jeunes entre dix-neuf et vingt-quatre ans, qui avaient dormi dans la même chambrée.

— Ils avaient l'air de bien s'amuser dans leur dortoir. Toujours est-il qu'aucun n'a de casier judiciaire, même le plus âgé des quatre, qui a été signalé l'an dernier pour des échauffourées à l'université.

— Ce sont des fascistes ?

— N'exagérons rien. Vous, les intellos, vous voyez des fascistes partout… Tout ce qu'on sait, c'est que le bonhomme n'a mis les pieds à l'université qu'une fois dans sa vie, et c'était pour cette action. Il n'est pas allé plus loin que le brevet. Disons quatre crétins avec des coupes militaires.

— Les fascistes sont souvent des crétins avec des coupes militaires, le portrait-robot me paraît assez ressemblant.

— Il semblerait qu'ils n'aient fait que boire des litres et des litres de bière, personne ne les a vus quitter leur chambre, et le lendemain ils sont partis à l'aube.

— Pourtant Abele a vu l'un d'eux.

— Ça n'est pas clair. Il dit qu'il faisait nuit, il ne l'a pas reconnu. Mais on a leurs noms, on les tient à l'œil.

— Ça veut dire qu'on ne peut pas faire grand-chose de plus pour le moment.

— Je ne suis pas pressée, vous savez. D'ailleurs, pourquoi vous ne me raconteriez pas tout depuis le début une nouvelle fois. Vous m'aviez dit quoi, déjà ? Vous aviez décidé d'aller vous promener sur la Lùpara, quand vous avez croisé un chien…

— Encore ? Inspecteur, je vous en supplie…

— Inspectrice. Allez, et dans le détail, je compte sur vous.

Dans un soupir, Tancredi raconta de nouveau comment il avait trouvé Amir dans la montagne, jusqu'au moment où le malheureux avait articulé deux mots avant de fermer les yeux qu'il n'avait toujours pas rouverts. “Le loup”.

LES GOONIES

De retour de Petralia, Tancredi fit quelques courses avant de rentrer chez lui cuisiner. Il voulait se changer les idées, arrêter de penser. Il devait faire une pause, mettre de côté Di Bello, le pauvre Amir, les dingos de l'auberge. C'était au fond pour cela qu'il était allé se terrer dans ce mobile home. Pour être seul et consacrer encore quelques pensées à la mort de son frère. En lui rendant hommage, en se laissant emporter par les rêves et les souvenirs. Il eut donc envie de préparer un plat de gamins, pour retrouver la saveur de l'enfance. Des escalopes au citron. Mais comme il avait oublié de prendre des citrons, il versa la moitié de son verre de Grillo glacé sur le beurre qui frémissait dans la poêle. Cuisiner l'apaisait, c'était tellement cliché, pensa-t-il. Quand il eut avalé ses escalopes, essuyé le reste de sauce d'un morceau de pain, fini la moitié de son litre de vin et bu son café, il s'alluma une Marlboro sous le soleil de Piano Battaglia et regarda le cadre qu'Amir tenait quand il l'avait trouvé et qui semblait correspondre à l'espace vide laissé sur le mur du refuge.

Il s'endormit peu après.

Piano Battaglia, été 1988

Les garçons avaient passé la matinée à se fabriquer des armes. Tancredi étalait fièrement tout ce que lui avait appris son grand-père et aidait les deux autres à tailler leur arc et leurs flèches.

— Il faut prendre une branche de hêtre encore verte et s'assurer qu'elle est bien élastique. (Il utilisait des mots techniques et pouvait enfin frimer devant eux, qui étaient plus jeunes que lui.) Ensuite, si la branche est suffisamment élastique, avec le canif qu'on a volé dans le cabanon, on enlève l'écorce et on fait une légère entaille de chaque côté. C'est pour accrocher la corde ; si elle est trop longue, on pourra toujours l'enrouler autour de l'arc pour faire comme une poignée, ça évite que l'arc nous glisse des mains.

Mimmo et Ruggero l'écoutaient attentivement. Ils passèrent ensuite aux flèches et se munirent des étuis qu'ils avaient fabriqués avec des rouleaux de papier toilette. Ils pouvaient partir en expédition. La partie que Tancredi préférait de cette aventure était terminée.

— Je suis sûr que c'était de ce côté, il va falloir quitter la piste de ski et s'engouffrer dans la forêt.

— Tu croyais quand même pas qu'on allait rester à la lisière.

Les trois garçons étaient un peu mieux équipés que les autres fois. Ruggero, qui arborait même un bandana rouge à la Rambo sur le front, commandait les deux autres, qui grimpaient avec leur arc et leurs flèches à la main et, pendues à leurs sacs à dos, des gourdes en aluminium recouvertes de laine verte, reliques militaires qu'ils avaient trouvées dans les affaires du grand-père. Mais allez savoir pourquoi, Tancredi, tel un soldat d'infanterie, s'était retrouvé à jouer les éclaireurs, posant de temps en temps des questions du bout des lèvres, un peu par peur que les petits se moquent de lui, et un peu par peur du loup. Leur excitation était retombée et tous trois avançaient maintenant en silence dans les feuilles mortes qui crissaient sous leurs pas. Comme cela lui arriverait souvent dans sa vie d'adulte, la Camurrìa *commença à bourdonner. Tancredi s'était mis à réfléchir et, perdu dans ses pensées, en avait presque oublié Ruggero et Mimmo. Plus il s'efforçait d'imaginer son grand-père accomplir quelque chose d'aussi cruel, moins il y parvenait. Adelmo était connu pour aimer les bêtes, il décrivait aux enfants leurs caractéristiques, leurs cris, leurs couleurs et leurs formes. Il ne comprenait vraiment pas ce qui aurait pu l'amener à abattre un loup, qui plus est le dernier, et pire, pourquoi il s'en vantait, racontant à qui voulait l'entendre cette sale histoire dont il aurait dû avoir honte. Il voyait mal aussi comment Adelmo aurait pu le confondre avec un sanglier : deux animaux si différents, comment était-ce possible ? Ils n'avaient rien à voir l'un avec l'autre : leurs caractéristiques, leurs cris, leurs couleurs et leurs formes étaient diamétralement opposés. D'autant qu'Adelmo aurait été le premier à les reconnaître. Et puis, où avait fini la peau du loup ? Qu'en avaient-ils fait ? Et où était la carcasse ? Ces trois vieux imbéciles l'avaient-ils enterrée ? Brûlée ? Mangée ? Ça se mange la chair du loup ?*

Il commençait à ressentir davantage que de la rancœur à l'égard d'Adelmo quand un bruit l'arracha à ses pensées. La Camurrìa *cessa aussitôt, le laissant seul face à sa terreur. Ça ne venait pas de son frère et Mimmo, d'ailleurs, maintenant qu'il y pensait, ça faisait un moment qu'il ne les avait pas entendus ces deux-là. Il se rendit compte alors que, non seulement ils l'avaient laissé seul dans la pénombre de la forêt chercher le loup, mais que quelque chose de vivant faisait du bruit près de lui, comme une complainte, un gémissement, et son premier réflexe fut de prendre ses jambes à son cou, de dégringoler la montagne supercalifragilisticexpialidocious : c'était plus Mary Poppins que ces fichus Goonies. Son cœur s'affola et, dans sa bouche pâteuse, il sentit la salive lui manquer. Et s'il avait croisé le loup ? À tous les coups il aurait couru plus vite qu'un enfant, et les loups, au fond, sont des cousins des chiens, se dit-il, et s'il valait mieux éviter de courir en présence de gros chiens, c'était sûrement aussi déconseillé pour les loups.*

Terrifié à l'idée que les battements de son cœur puissent être entendus par cette bête des bois, des contes et des légendes, il s'accroupit derrière un buisson qui poussait près d'un hêtre, et avec le (maigre) courage qu'il lui restait, observa la zone en feignant d'être invisible.

Ce n'était pas le loup. C'était encore L'Ours, ou Dieu sait quel surnom Mimmo lui avait donné l'autre fois. Toujours est-il que c'était ce garçon-là. Sans s'en rendre compte, Tancredi s'était retrouvé au même endroit où ils l'avaient rencontré le dimanche précédent et l'autre était encore là. Et encore une fois, L'Ours semblait non pas gémir mais sangloter en sourdine. Quelqu'un posa une main sur son épaule et Tancredi ne put retenir un petit cri. C'était son frère, et sa main se crispa quand L'Ours, alerté, sembla oublier son chagrin et s'exclama :

— Qui c'est ? Qui est là ? C'est toi Abele ?

Les trois larrons n'eurent d'autres choix que de se montrer. Ils expliquèrent au garçon qu'ils étaient allés aux champignons, pour cacher tant bien que mal la vraie nature de leur expédition, ce qui ne convainquit pas L'Ours, qui lorgnait leurs armes avec un sourire en coin.

— Et c'est quoi votre technique ? Vous décochez des flèches sur les cèpes qui s'échappent ? En plus, il n'a pas plu cette semaine, il n'y a pas de champignons.

Et c'est ainsi qu'ils firent la connaissance de Piero, un garçon décidément "grand" auquel ils se gardèrent bien de demander ce qu'il faisait là et pourquoi il semblait si triste.

LE VIEUX THÉÂTRE DÉCRÉPIT

Palerme, printemps 1988

Piero était entré le premier, éclairé par la lampe torche que tenait Ludo, puis il l'avait aidée à escalader la fenêtre cassée. Ils avaient préféré finir de briser les vitres pour ne pas se couper, et le vacarme avait déchiré le silence de la nuit : les deux adolescents, transis de peur, rirent nerveusement. Ils s'avancèrent. La fenêtre donnait sur une pièce qui semblait fermée à clé avec un escalier qui conduisait à un obscur étage intermédiaire, comme une arrière-boutique. Piero rassembla son courage et, éclairant les marches, prit la tête de l'expédition. Ils se retrouvèrent sous la scène, entourés de cordes, de cartons et d'un masque japonais, laissé sans doute là par quelque Madame Butterfly, qui les fit hurler puis rire comme des gamins quand le faisceau de la lampe torche tomba dessus. Tout au bout de cette vaste salle se trouvait un deuxième escalier qui montait à la scène et, derrière le grand rideau, l'immensité du théâtre Massimo. Piero et Ludo restèrent cinq bonnes minutes dans un silence absolu, à suivre des yeux la lumière qui balayait la salle. Ils découvrirent ainsi des moulures au plafond, des fauteuils en velours rouge, les six étages de loges au centre desquelles trônait la loge royale, les fresques, tandis que les particules de poussière comme leurs mots semblaient pris au piège du faisceau de la torche. Ludo s'assit au bord de la scène, laissant ses jambes pendre dans le vide. Piero, comprenant que le moment était venu, l'imita. Mais cette fois-ci, elle n'attendit pas et se tourna aussitôt pour l'embrasser sur la bouche. Ce baiser se transforma lentement, se fit plus humide, et leurs langues se mêlèrent. Piero remercia en silence la pénombre de cacher l'érection qui menaçait de faire sauter sa braguette.

— C'est un bon endroit, je trouve, pour un premier baiser qu'on n'oubliera jamais, dit Ludovica.

— En plus, c'est vraiment la première fois pour moi, répondit Piero, les sourcils froncés, effrayé à l'idée de se ridiculiser devant son amoureuse qui, au contraire, le regardait avec encore plus de tendresse et d'amour.

Allez savoir pourquoi il y a des filles qui préfèrent la pureté à l'expérience, alors que les garçons s'efforcent toujours de se poser en experts des choses de la vie pour s'attirer leurs charmes.

Ils s'embrassèrent à nouveau l'espace d'un moment dilaté et hors du temps, puis ils se regardèrent et se rendirent soudain compte que l'heure était venue de mettre fin à leur expédition secrète. Secrète et interdite.

Dehors, les rues semblaient désertes, il se faisait tard.

— Si ma mère décide d'appeler chez Silvia, je risque d'être privée de sorties toute l'année prochaine.

Ludovica proposa qu'ils rentrent chacun chez soi avant d'ajouter :

— Mais, après les cours, samedi, ce serait chouette qu'on passe la journée ensemble.

PEUR

— ... MPFOURQUOI ?... mpfourquoi ça tombe toujours sur moi ?... mpfourquoi ?

Abele avait été inquiet ce soir-là. Il était maintenant ivre mort. Depuis des heures, il éclusait une eau-de-vie maison venue tout droit de Serbie, cadeau d'une vieille prostituée de Belgrade qui avait officié à Petralia il y a des années. Une bombe à quarante-cinq degrés qui aurait assommé un sanglier. Mais pas Abele, évidemment, qui enchaînait les verres depuis l'après-midi. Il ruminait une peur ancienne qui faisait battre son cœur à tout rompre, en tout cas tant qu'il avait encore les idées claires. Après, la *slivovica* avait tout nettoyé, le laissant en proie à un mélange d'angoisse et de colère refoulée, une haine qui ne demandait qu'une cible. La première disponible. N'importe laquelle.

Il s'était mis à parler tout seul, grommelant en boucle : "mpfourquoi ?... mpfourquoi ça tombe toujours sur moi ?... mpfourquoi ?..."

C'était la seule question qu'Abele prononçait à haute voix, comme s'il s'adressait à une divinité. D'autres pourtant bourdonnaient dans sa tête tels des essaims, se superposant, sans logique précise. Pourquoi cette fliquette avait-elle demandé à voir Pisciotta seule à seul ? Pourquoi personne ne semblait s'en inquiéter ? Pourquoi même Gaetano se montrait-il affable et gentil avec ce type dont, en fin de compte, personne ne savait rien ? Qu'est-ce que c'était que tout ce bordel, tout à coup, sur sa montagne ? Qu'est-ce qu'ils voulaient tous ? D'où venaient-ils ? Puis encore : "mpfourquoi ?... mpfourquoi ça tombe toujours sur moi ?... mpfourquoi ?..."

Abele sortit de sa cabane, et commença à errer dans la pénombre. Il faisait froid et il pouvait deviner les petites volutes de vapeur qui s'échappaient de sa bouche. Il ne pouvait que les deviner, car là où les hêtres et leurs branches s'entremêlaient, la lune aussi l'avait abandonné.

— C'est ça, mpfva te faire foutre toi aussi, msfalope..., grommela-t-il intérieurement, en invectivant le satellite qui l'avait livré à la nuit.

Sur ces mots, il buta contre une branche et s'étala au sol. Il jura et tenta de voir ses paumes douloureuses qu'un rocher pointu venait d'écorcher. Il ne s'était pas encore relevé qu'il entendit un bruit de pas, il cessa de respirer, comme le font les animaux pour tromper leur prédateur. Mais son cœur, affolé, tambourinait, la tête lui tournait, ses yeux étaient écarquillés dans le noir comme deux phares. C'est là qu'il l'aperçut. Abele avait atterri près du mobile home de Pisciotta, qu'il voyait agiter une torche autour de son terrain.

— mpfourquoi ?... mpfourquoi ça tombe toujours sur moi ?... mpfourquoi ?...

Ce soir-là, Tancredi Pisciotta ne voulait plus penser à rien. Il allait faire un feu dans le barbecue en briques que son grand-père avait construit et manger du rôti arrosé de vin rouge. C'était son programme. À l'aide d'une lampe torche, il cherchait donc du petit bois pour démarrer le feu. Quand il eut ramassé assez de branches, il les disposa au fond du barbecue, ajouta du papier journal, puis quelques bûches plus grosses, arrosa le tout d'un peu d'alcool et alluma le feu, puis il resta à regarder les flammes qui crépitaient. Il n'entendait rien d'autre que leur danse et le cri vaguement lugubre d'un rôdeur qui semblait aller et venir le long du câble électrique. Auquel s'ajoutait parfois le hululement d'une chouette. Tancredi frissonna et se servit un verre de vin. Il attendit quelques minutes que la flamme diminue, et aux premières braises, mit à griller deux côtelettes, gardant pour plus tard la saucisse de Petralia et les champignons, qui patientaient sur la table de la cuisine. Il avait faim. Il voulait se changer les idées, et absolument s'octroyer au moins une soirée pour se concentrer sur ses problèmes, sa femme, sa vie. Il était monté à Piano Battaglia dans cette idée, avant que cette montagne et ses fantômes ne l'embarquent dans tout autre chose. Mais il y avait un trop grand silence. Ça n'était pas la première fois qu'il éprouvait cette déconvenue : il aimait l'idée de passer plusieurs jours livré à lui-même mais, chaque fois, le silence l'oppressait. C'était comme si seule l'idée de jouer les ermites l'attirait ; dans la pratique, c'était une autre paire de manches. Ce silence et ces bruits. Il sentit tout à coup le besoin de parler à quelqu'un, d'entendre une voix humaine. Mais rien à faire, son portable ne voulait rien savoir. Soudain, un bruit de pas le fit tressaillir, et pas seulement parce qu'on aurait dit ceux d'un humain. Il aurait juré avoir reconnu les pas d'un enfant. Un enfant qui courait. Et, plus inquiétant encore, le bruit provenait de la maison. *Tap-tap-tap-tap.*

Les yeux d'Abele brillaient dans le noir comme ceux d'un chat. Ou d'une bête sauvage, immobile, qui guette sa proie. Tout son corps était à l'arrêt, chaque muscle bandé, prêt à donner l'assaut, seules ses narines remuaient imperceptiblement, pour sonder l'air, la peur de la mort. Abele aima cette sensation. Il était dans une position privilégiée pour observer Pisciotta. Quelque chose lui disait qu'il sentait sa présence, il avait l'air livide, terrorisé. Sa peur le calmait. Le nourrissait. Abele en oublia la sienne. Il inspira un grand coup, sans faire de bruit.

Tancredi était immobile, avait-il rêvé ? La porte de chez lui était ouverte, éclairée, devant lui. Personne n'aurait pu entrer sans qu'il s'en aperçoive. Et ni la chouette ni le rôdeur n'avaient cessé leur manège. Il avait dû rêver. Ça ne faisait aucun doute. Et puis, de quel enfant s'agirait-il ? Peut-être celui auquel il pensait depuis quelques années et qui l'obsédait ? Tancredi Pisciotta était-il en train de devenir fou ? Cette hypothèse-là n'était pas non plus pour le rassurer. Mais elle ne dura qu'un instant.

Tap-tap-tap-tap.

Non, il n'avait pas rêvé. Quelques gouttes de sueur perlaient sur son front, son cœur était près d'exploser. Instinctivement, il prit un tison ardent dans les braises, du côté non encore léché par les flammes. Tancredi le brandit, comme un homme préhistorique brandirait une massue, et s'écria :

— Qui va là ?

Il se sentit aussitôt ridicule : Qui va là ? C'était une phrase de téléfilm de troisième catégorie, mais il n'avait rien de mieux.

— Qui va là ? cria-t-il de nouveau.

Abele bondit en l'air, littéralement.

Tancredi rassembla son courage et, avec son tison ardent, s'apprêtait à entrer discrètement dans la maison, quand un renard déboula entre ses jambes et fila à toute vitesse. La pauvre bête était peut-être la plus apeurée des deux, mais pas au point de lâcher la saucisse dans laquelle elle avait planté ses crocs. Tancredi poussa un cri très peu viril avant même de comprendre ce qui se passait.

— Aaaaaah !

Et Abele, comme en écho :

— Aaaaaah !

Tancredi resta figé sur le seuil, telle une statue, le tison éteint dans une main et la lampe torche dans l'autre. Il changea de ton :

— Oh ! Qui Va Là, articula-t-il.

Il pointa son faisceau dans la direction d'Abele. Les deux hommes se regardèrent, stupéfaits.

— Abele ! Tu m'as fichu une de ces trouille, j'ai failli faire un infarctus.

Abele, au milieu des effluves d'alcool, eut toutes les peines du monde à baragouiner une phrase sensée :

— Toi aussi.

Ce n'était pas difficile.

Tancredi tenta de balayer cette tension étrange entre eux et, tout en restant vaguement sur ses gardes, il plaisanta :

— Ma saucisse ! Saloperie ! Pfff, bon appétit, tu l'as bien méritée, lança-t-il en direction du bois.

— Salopard, dit soudain Abele.

— Quoi ?

— Salopard. C'était un mâle, expliqua Abele. C'était un renard pas une renarde, précisa-t-il.

Tancredi s'esclaffa, il était peut-être nerveux.

— J'allais me mettre à table mais mes côtelettes sont carbonisées. Je te sers du vin ? demanda Tancredi qui lui avait déjà rempli un verre.

Abele ne moufta pas, c'est tout juste s'il hocha légèrement la tête, comme pour dire merci. Il prit son verre, le but d'un trait, le rendit à son propriétaire et dit bonne nuit. Il tourna alors les talons, laissant Tancredi les sourcils levés et un sourire hébété sur le visage.

Il lança un dernier regard plein de regret au barbecue et aux côtelettes cramées. Il se raccrocha à sa bouteille, littéralement. Avec un bout de pain et quelques champignons, ça lui ferait son repas.

LE SOUFFLE DANS LE COU

Le lendemain matin, Tancredi avait déjà classé les incidents de la nuit parmi les bizarreries qui semblaient habituelles à Piano Battaglia et se promenait maintenant, sac au dos, sur la Lùpara. Il commençait à prendre goût à cette fatigue et au souffle court dus à l'altitude et au manque d'oxygène. Grimper, ménager sa foulée et sa respiration, trouver un équilibre et le garder constituaient un exercice particulièrement méditatif, et Tancredi Pisciotta avait appris, ou plutôt ses jambes s'étaient rappelé une chose qu'elles savaient faire il y avait des siècles de cela, du temps où il randonnait en montagne avec Adelmo ou ses deux autres compagnons. Ses pensées pour Ruggero, peut-être à cause de la méditation, n'avaient rien de mélancolique. Au contraire. Ruggero était à ses côtés. Sur cette montagne qui était la leur, Tancredi était sans doute en train de fouler les sentiers où son frère avait fait ses derniers pas. C'était peut-être cette compagnie particulière qui porta ses jambes, puisque Tancredi avait atterri dans un endroit qui lui parut soudain familier, celui-là même où, enfants, ils avaient croisé L'Ours.

La méditation lui donnait-elle aussi des hallucinations ? C'était possible, ça ? Tancredi aurait juré que c'était Piero à quelques mètres de lui, un Piero adulte en chair et en os, assis sur le même rocher où, gamin, il avait vu L'Ours. Et là encore, il semblait pleurer. Ne sachant pas davantage quoi faire qu'à l'époque où il était enfant, Tancredi décida de ne pas bouger, de rester posté derrière le même buisson qu'il y a trente ans et d'observer la scène, jusqu'à ce que Piero se lève et, toujours inconsolable, parte. Que se passait-il ? La *Camurrìa* recommença à bourdonner.

Pourquoi il m'arrive tout ça ? Qu'est-ce qu'il y a sur cette montagne ? Pourquoi ? C'est quoi le rapport ? C'est quoi mon rôle là-dedans ?

Tancredi s'était assis à son tour sur le rocher de Piero. Il avait la sensation de profaner l'endroit et était moyennement à l'aise avec cette idée, ce moment d'intrusion, car il y avait bien profanation : c'était une tombe qu'il avait sous les yeux. Aucun doute possible : l'herbe avait repoussé sur le sépulcre, plus sombre, traçant un rectangle presque parfait, et quelqu'un avait soigneusement entretenu un parterre de fleurs, pour former un lieu de recueillement d'une beauté saisissante.

Mais la *Camurrìa* ne le laissait pas en paix, il pouvait presque en entendre les rouages, l'odieuse effervescence. Revinrent les questions, le sentiment d'impuissance et de confusion. Puis un bruit le ramena parmi les vivants. C'était peut-être Piero qui revenait. Peut-être était-il seulement allé chercher une branche de hêtre pour lui fracasser le crâne. Il tourna lentement la tête, effrayé de découvrir ce qu'il y avait derrière lui. Et qui respirait dans le creux de son cou. Piero ne pouvait quand même pas avoir une haleine aussi forte. Tancredi se tourna, la *Camurrìa* cessa, autour de lui le silence et devant lui, à trente centimètres de son nez, la gueule et les yeux noirs et profonds d'un gigantesque, sublime et puissant loup noir.

ZEN

Palerme, printemps 1988

Le sourire figé sur ses lèvres fines et saillantes, les dents parfaites qu'il laissait voir non pour se montrer affable mais pour en imposer, comme les bêtes féroces. Comme les loups.

— Je te laisse jusqu'à lundi, midi. Ou on ira te chercher directement dans ta putain de montagne à l'heure du déjeuner.

Pour le reste, il ressemblait plutôt à un curé, voire carrément à un cardinal. Avec ses bagues, ses doigts longs et fuselés, ses mains qu'Abele s'imaginait moites et molles, froides. La laque encore fraîche sur les cheveux, d'un blanc qui tirait sur le bleu, comme ses yeux placides et impitoyables. La chemise de soie vert flashy. Une cigarette mentholée, dont s'échappait un minuscule filet de fumée tout aussi soyeux, sur un cendrier ébréché de l'hôtel Villa Igea. Les fenêtres fermées. La pénombre tout autour de l'unique lampe de bureau, allumée et incandescente. Abele avait mal au cœur et une envie irrépressible de vomir.

Lorsqu'il franchit la porte de l'immeuble, la lumière du jour l'aveugla quelques secondes, puis quand ses yeux se furent acclimatés, sa bouche s'ouvrit, béante, avide d'air. Abele était en proie à la panique. Il entra dans le premier bar ouvert de ce quartier encore récent mais déjà gagné par la dégradation, les ordures et la puanteur des égouts qui couraient le long des trottoirs comme des ruisseaux putrides, une réplique du quartier d'à côté et coupé du reste de la ville. Il portait un nom si pacifique, ce quartier. L'abréviation inspirait la sérénité, mais dès qu'on en prononçait tous les mots, Zone Expansion Nord 2, elle se révélait dans toute sa laideur. Avec les dix mille lires qu'il avait en poche, il acheta une bouteille de whisky douteux et s'appliqua à la descendre, assis à une table en plastique au fond de la salle, coincé entre un téléphone à jetons cassé et la porte des toilettes. Qu'est-ce qu'il lui avait pris de faire une connerie pareille ? Qu'est-ce qu'il lui était passé par la tête ce jour-là ? Il était peut-être saoul quand il avait cru qu'il pourrait rembourser une telle somme ? Pourquoi le bon Dieu ou ses disciples avaient-ils fait de lui quelqu'un d'aussi stupide ?

Il allait devoir trouver une solution. Depuis quelques jours, une idée lui trottait dans la tête, comme le ver s'introduit dans le fruit. Mais c'était une idée horrible, et Abele le savait.

MACHIN

La *Camurrìa* était légère, mais d'une légèreté trompeuse. Tancredi n'était pas dupe : il lui arrivait parfois de feindre la mort et d'aller se tapir dans un coin. Comme les animaux blessés. Mais elle était toujours présente, à peine perceptible : un virus latent. Tout le reste aussi lui semblait nébuleux, flou, comme vu à travers les yeux d'un myope. Un silence troublant régnait dans sa tête. Il rentra chez lui dans cet état second, comme si le loup, en plantant ses yeux dans les siens avant de déguerpir, l'avait hypnotisé. Pendant qu'il dévalait la montagne, au crépuscule, Tancredi ne ressentait rien, aucune pensée, aucune émotion, aucune peur ni révélation ne le traversait. Il n'entendait pas non plus son souffle, ou les battements de son cœur. Son pouls était d'ailleurs régulier, sans emballements soudains. Personne n'occupait ses pensées à ce moment-là, pas même lui. Il reprit ses esprits sur le seuil du mobile home en entendant le tintement vaguement lugubre des clochettes, sous l'effet du vent. Il avait bel et bien vu le loup, ce n'était pas un rêve ni une hallucination. Il ne pouvait pas garder ça pour lui. Ruggero aurait été l'interlocuteur parfait, mais là où il était, le téléphone ne passait pas. De toute façon, il ne l'aurait sans doute pas cru et se serait moqué de lui à l'en rendre malade. Mais il devait le raconter à quelqu'un. Quelqu'un de totalement extérieur aux événements qui agitaient sa montagne et ses souvenirs. Il prit son téléphone mort sur la table de la cuisine et sortit, déterminé à trouver un coin où ce maudit appareil finirait par fonctionner, un coin où il pourrait entendre la voix de sa femme. Qui lui manquait tellement, tout à coup.

Mais quand il ressortit du mobile home, ce furent les yeux écarquillés et la voix stridente de l'inspectrice Di Bello qui le ramenèrent à la réalité.

— Ça fait deux heures que je vous cherche, Pisciotta. Où étiez-vous passé, bon sang ? Vous aviez raison : c'est bien des fascistes.

— Quoi ?

— Les quatre crétins, c'est bien des fascistes, vous aviez raison.

— Ah bon ?

— On a fait des recherches, et il semblerait que deux d'entre eux soient allés à Florence pour participer à une connerie qui s'appelle… (Di Bello s'arrêta pour vérifier sur sa tablette) la journée nationale anticommuniste.

— Des braves gens, à ce que je vois.

— C'est bon, Pisciotta, c'est bon. Vous aviez raison, je vous l'ai déjà dit. Vous voulez quoi de plus, une médaille ? Venez plutôt avec moi, que je vous explique l'idée que je me suis faite. Je vous invite dans le meilleur restaurant de Petralia Soprana, en même temps c'est pas difficile vu qu'il n'y en a qu'un.

— Pardon, mais vous n'êtes pas censée respecter le secret d'instruction ? Pourquoi me racontez-vous tout ça ?

— Pisciotta, ne soyez pas plus royaliste que le roi, c'est pas tous les jours que je me retrouve en plein polar en haute montagne avec un écrivain parmi les protagonistes. Allez, faites pas d'histoires, montez.

— Je ne suis pas écri…

— Montez, je vous dis !

Elle l'obligea à monter dans sa voiture, où la fumée de cigarette imprégnait tout, le tissu des sièges, les accoudoirs, les tapis, même la lunette arrière semblait poisseuse de Multifilter. Ils se garèrent sur la place et marchèrent en direction du restaurant ; leurs pas résonnaient dans le village désert et le brouillard formait des boules opaques autour des lampadaires, qui avaient l'air de gigantesques fleurs de pissenlit. Il y eut un moment de silence entre eux, comme une décharge électrique de gêne ; ils descendaient de voiture pour se rendre dans le restaurant d'un village de montagne éclairé comme dans une toile de William Turner et, en d'autres circonstances, on aurait pu croire à un rendez-vous galant. Le bruit d'une portière qui claque les sortit de leur embarras en les faisant sursauter ; une voiture venait de se garer. Une Punto noire, dont un jeune homme descendit. Chaussures militaires, jean, bombers et cheveux courts, presque à ras. Ils s'arrêtèrent au milieu de la chaussée, abasourdis, et restèrent un instant sans prononcer un mot le temps que l'individu disparaisse au coin de la rue, avant de s'exclamer à l'unisson, mais avec deux intonations différentes :

— Le fasciste !

— Le fasciste ?

Un coup de chance tout ce qu'il y a de plus classique. Di Bello se précipita la première vers la voiture pour relever la plaque.

— Comment ça, vous ne l'avez pas déjà relevée, leur plaque ? Vous m'aviez dit que vous et vos collègues les "teniez à l'œil" ?

— Pisciotta, vous voyez quelqu'un d'autre que moi ici ? Pourquoi vous utilisez le pluriel ? Je suis la seule à bosser dans ce trou ! Et puis, c'est pas la plaque que je regardais, c'est ça.

Elle pointa du doigt un autocollant sur le pare-brise de la voiture. On y voyait un loup féroce montrer les crocs et quelque chose d'écrit avec des croix celtiques à la place des "o". Di Bello lut à voix haute :

— Les loups des Madonie. (Puis elle marqua une pause.) Quels sont les derniers mots qu'a prononcés le berger avant de perdre connaissance, déjà ?

Tancredi eut une sueur froide :

— Entrons, il faut que je boive quelque chose.

Mais Di Bello avait les yeux rivés sur l'écran de son téléphone : elle avait atterri sur le site de ces néofascistes et ricanait, incrédule.

— Regardez Pisciotta : les Loups des Madonie, groupe historique de Petralia fondé, lisez la date, Pisciotta, ça ne vous dit rien ?

Tancredi n'en croyait pas ses yeux : le collectif avait été créé trois jours plus tôt, la nuit de la tentative de meurtre, sans doute dans l'auberge de Piero. Une piste commençait à se dessiner, ils le comprirent tous les deux en un regard. C'est alors que le téléphone de Di Bello que Tancredi avait toujours dans la main sonna ; sans réfléchir, il décrocha :

— Inspectrice ? Le jeune là, Mohammed Abdoul Machin, il est mort. Il est mort il y a cinq minutes.

HISTOIRES

DEVANT le restaurant de Petralia, Tancredi et Di Bello n'avaient rien avalé ; la nouvelle leur avait coupé l'appétit. Ils s'installèrent quand même à une des tables dehors, il n'y avait pas âme qui vive, rien que le froid et le brouillard. Ils commandèrent une bouteille de Glenlivet, et rien d'autre. Ce fut le serveur, remarquant la bouteille à moitié vidée après seulement une demi-heure, qui leur apporta du pain, soucieux d'éviter un malaise dans son commerce. Ils buvaient sans un mot sur cette place désolée, le whisky tenant à distance le froid pénétrant du soir.

— Quand je pense que je me plaignais de passer mes journées derrière un bureau à me tourner les pouces, finit par lâcher Di Bello en reniflant.

Tancredi ne répondit pas. Il se sentait sonné. Ses pensées partaient dans tous les sens, s'accumulaient. Il ne put s'empêcher d'imaginer l'histoire de ce pauvre garçon, sans doute similaire à celle de tant d'autres hommes et femmes qui débarquaient chaque jour sur les côtes siciliennes, précisément en cette saison. Il pensa aux centaines de migrants prisonniers de leur embarcation à quelques milles des plages italiennes. Il pensa à ces images qui passaient en boucle à longueur de journée, il pensa qu'il avait fini par s'habituer à cette horreur, plus ou moins comme tout le monde. Enfin, pas tout à fait comme tout le monde : il pensa à tous ceux qui vouaient une haine à ces pauvres gens, qui avaient besoin d'un ennemi pour justifier leur colère, leur frustration, leur tristesse et leur vie de misère dans un pays toujours plus misérable lui aussi. Tancredi Pisciotta méprisait ces personnes pétries de haine et de slogans vides de sens, toujours les mêmes. Leurs convictions fondées sur des mensonges. Les mots que Tancredi dit peu après, il les prononça tout haut en conclusion des pensées qui avaient défilé dans sa tête :

— Fascistes de merde.

Le lendemain, Tancredi Pisciotta s'était donc de nouveau réveillé avec une barre au milieu du crâne. Il allait finir par en faire la collection, pensa-t-il. Et de nouveau, dans la bouche, cet affreux goût acide. Ça n'était pas tout bien sûr : la *Camurrìa* s'était remise à turbiner de plus belle. Quatre gamins de pas encore vingt-cinq ans, même des foutus fascistes, pouvaient-ils vraiment être assez cons pour assassiner un berger marocain la nuit même de la création de leur groupuscule débile ? Du reste, Abele n'avait-il pas dit n'en avoir croisé qu'un seul des quatre cette nuit-là, en rentrant de Petralia ? Et puis, pourquoi avait-il lui-même tenu à entrer dans le refuge abandonné avec Mimmo avant que la flic ne joue les trouble-fêtes ? Et ce loup, ce magnifique loup. Il s'assit à la table de la cuisine devant sa cafetière six tasses qui fumait et sortit l'article de journal du cadre qui le protégeait : la feuille était pliée en quatre, Tancredi regarda la date de publication, en haut à droite, puis lut avec application tout ce qui était écrit sur cette page jaunie et vieille de quarante ans. Il garda pour la fin l'article sur l'abattage du loup, avec son grand-père et les deux autres larrons qui souriaient en exhibant leur fusil, de toute façon il le connaissait déjà. Puis il prit son carnet rouge rempli de notes sur Piero Ciampi et recopia les extraits du journal qu'il avait entourés. Il resta un moment immobile, respirant calmement, sans ciller, les yeux rivés sur ce qu'il venait de lire. Soudain il se leva, s'habilla en hâte, revenant sans cesse à cette feuille, comme pour ne pas perdre le contact, même visuel, avec elle, ou une idée qui affleurait. Il prit son portable qui chargeait sur la table et ouvrit grand la porte, prêt à sauter dans sa voiture. Mais sur le seuil, il se trouva nez à nez avec Di Bello, assise sur les marches en train de fumer.

— Inspecteur, ma parole, mais ça devient une manie ?

— Inspectrice. Ça vous écorcherait la langue de dire inspectrice ? Vous, les gauchistes, vous êtes pourtant si politiquement corrects, d'habitude.

— En bon gauchiste, je ne peux pas vous donner tort. Qu'est-ce que vous faites ici, inspectrice ?

— Je n'ai pas fermé l'œil de la nuit, je n'ai fait que penser à ce garçon, je crois que je suis sur une piste, et comme vous le savez, au commissariat, je n'ai personne avec qui en discuter, alors je suis montée ici pour vous en parler. De toute façon, vous les intellos, vous vous levez tard le matin, répondit-elle avec un sourire en coin.

— Inspectrice, plus je vous écoute et plus je croirais entendre un éditorial de ce journaliste chauve, là, celui qui ressemble à Nosferatu, comment il s'appelle déjà ?

— Je ne lis pas les journaux, je ne m'informe que sur Internet.

— Je ne sais pas pourquoi, mais je l'aurais parié. Bon, vous me dites ce qui vous a empêché de fermer l'œil cette nuit ?

Le ciel était limpide et bleu au-dessus de la Lùpara. Tancredi s'assit à côté de Di Bello et se mit en position d'écoute, les yeux fermés et le visage tourné vers le soleil pour profiter des rayons. Une part de lui l'écoutait, et une autre repensait à ce qu'il venait de lire sur cette vieille page de journal.

— Bon, commençons par le commencement : dans la nuit d'il y a quatre jours, le pauvre Amir Abdel Salam, jeune berger marocain de vingt-deux ans, avec des papiers en règle, un contrat de travail lui aussi en bonne et due forme, un casier judiciaire vierge, avait fini sa journée un peu plus tôt que d'habitude, à en croire les déclarations de Domenico Cascio, dit Mimmo.

— Vous ne pourriez pas aller directement aux faits ? On croirait entendre un gendarme en train de lire une plainte.

– Ne me manquez pas de respect, hein. Et ne me coupez pas non plus, je risque de perdre le fil. Je disais donc que ce soir-là, Amir n'avait toujours pas retrouvé cette brebis qui avait disparu depuis quelques jours, et il en avait parlé à ses amis au bar, pour expliquer qu'il était pressé de regagner sa bergerie après le repas, disons vers vingt-deux heures, bergerie où par ailleurs il logeait, et de repartir à la recherche de cette brebis égarée. Quand il a quitté l'auberge, il y avait encore Angela, Piero, son père Gaetano et Mimmo Cascio.

Il semblerait qu'Abele avait un rendez-vous galant à Petralia ce soir-là. Mais ce n'est pas tout : dans une chambre de l'auberge, c'est en tout cas notre hypothèse, il y avait aussi les fascistes, mais on y reviendra plus tard. Permettez-moi tout d'abord de m'attarder sur Angela. Parce que, d'après moi, cette pauvre petite cache un secret de polichinelle. D'après les témoignages de tous les autres, il paraîtrait qu'Angela allait mieux depuis que ce jeune berger s'était installé sur cette montagne : elle riait plus souvent, était moins renfermée, elle donnait l'impression – et là je cite – d'être quelqu'un de “normal”. Tout le monde m'a raconté qu'il arrivait souvent à Amir et elle de passer du temps seuls tous les deux. Bref, sans peur d'exagérer, j'appellerais un chat un chat : Angela était folle amoureuse d'Amir, et c'était probablement réciproque. Comment aurait-il pu en être autrement ? Ils ont la vingtaine, ils sont beaux, ils ont la vie devant eux, une vie qui ne pourra qu'être meilleure que celle qu'ils ont vécue jusque-là, peut-être une vie ensemble. Allez savoir si, pendant leurs silencieux conciliabules, ils n'avaient pas scellé un pacte. Moi, ça ne m'étonnerait pas. Quelqu'un a vu Angela dehors cette nuit-là. Mais ça ne veut rien dire, selon moi c'est quelque chose qu'elle devait faire toutes les nuits déjà depuis un moment. S'il y avait quelque chose de plus que de l'amitié entre ces deux-là, et je suis persuadée que c'était le cas, c'était le moment où ils avaient l'occasion de passer quelques minutes seuls tous les deux, vous ne pensez pas Pisciotta ?

Tancredi hochait mollement la tête. Di Bello, elle, débitait ses réflexions comme un fleuve en crue.

— Mais revenons à nos moutons : les fascistes. Vous voyez où je veux en venir, Pisciotta. Ils sont peut-être dans leur chambre, si ivres qu'en comparaison, nous hier, on était des enfants de chœur. Ils arrosent la fondation de leur mouvement politique ridicule de quatre clampins. Je les imagine déguisés en druides assis en cercle autour d'un chaudron, en train de proférer des formules celtiques qu'ils ne comprennent pas eux-mêmes. L'un d'eux, et ça pourrait être celui qu'Abele a vu après s'être pris un lapin, est sorti pisser, ou bien fumer, puisqu'il y a des toilettes à l'auberge, ou prendre l'air pour dessaouler, on ne sait pas. Toujours est-il qu'il a dû voir quelque chose. Mais quoi ? Le témoignage d'Angela serait essentiel, mais comme cette fille ne parlera jamais, mieux vaut partir sur une nouvelle hypothèse : après le dîner, Angela a rejoint Amir, et les deux jeunes gens se sont peut-être embrassés, ou quelque chose comme ça. J'ai du mal à me mettre à la place de ce pauvre type, mais si j'étais un jeune fasciste, que je venais de descendre sept litres de bière avec mes copains pour célébrer je ne sais quel rite initiatique et que je surprenais en pleine nuit une jeune blonde magnifique dans les bras d'un Marocain habillé en berger, je pourrais m'imaginer qu'au lieu d'un couple qui s'embrasse, il s'agit d'une agression… Alors qu'est-ce que je fais ? Dans la chambre, il y a mes trois acolytes aussi idiots que moi…

Di Bello laissa sa phrase en suspens, comme pour que Tancredi la complète, mais il restait silencieux.

— Pisciotta, vous me suivez ? Vous faites le rapprochement ? Mon histoire paraît plausible, non ? Ça se tient ?

Tancredi répondit doucement, prononçant ses premiers mots de la journée :

— Oui, c'est une possibilité, mais je dois descendre à Palerme, là.

— Pisciotta, mais c'est possible ? Qu'est-ce qui vous prend, vous ne vous sentez pas bien ?

— Inspectrice, faisons comme ça, je ne suis pas encore sûr, mais si à Palerme je trouve ce que je cherche, moi aussi j'aurai une histoire à vous raconter, d'accord ?

— J'ai de plus en plus de mal à vous supporter, Pisciotta, vous savez ?

BINGO

Elle savait qu'il ne lui restait plus que quelques heures avant que l'affaire ne passe à la police judiciaire. Amir était mort la nuit dernière et elle craignait que le procureur ne se manifeste dans l'après-midi. Au risque de retarder un peu le passage de témoin, elle s'était mis en tête d'aiguiller l'enquête, histoire de lui imprimer sa marque, sa signature. L'inspectrice Gaia Di Bello était donc entrée seule dans la cabane d'Amir, à côté de la bergerie, une lampe torche à la main pour faire la lumière sur les rares possessions du jeune berger, mais pas sur les doutes qu'elle nourrissait sur ce qui s'était passé. Avant tout, l'odeur des bêtes. Di Bello se demanda comment on pouvait dormir au milieu de cette puanteur. Puis des bandes dessinées. En italien. Des chargeurs sur une petite table : deux portables, aurait-elle dit à première vue. Un calendrier d'une agence de voyages arborant une photo de plage tropicale était cloué à un mur en bois et en paille. Pas de date entourée en rouge, pas de note. Dans un coin, il y avait un grabat, car on pouvait difficilement appeler ça un lit. Il lui parut petit pour elle, alors pour Amir. Sur une caissette en bois faisant office de table de chevet, un exemplaire du Coran était posé par-dessus d'autres bandes dessinées.

Di Bello se mit à quatre pattes, se plaignant de ses articulations douloureuses.

— La course à pied ne suffit plus, je devrais peut-être songer à me mettre au Pilates ou à une autre connerie dans le genre, dit-elle en passant la lampe sous le lit.

Un sac. Un vieux sac en peau de chameau, elle pouvait le deviner à l'odeur qu'il dégageait, différente de celle de brebis qui empuantissait la pièce. Le cuir noir, les poignées longues, une seule ouverture. L'inspectrice le posa sur le grabat et y appuya ses mains pour se relever, avec une nouvelle flopée de jurons.

— Voyons voir si la vieille flic que je suis a décroché le gros lot.

Elle tira sur la fermeture éclair d'un *ziiip* sonore qui résonna dans la cabane.

Dedans, cinq liasses de billets de cent euros.

— Bingo ! À première vue il doit bien y avoir… cinq mille euros !

Mais ce n'était pas tout : au fond du sac, il y avait une enveloppe. Par chance, elle était déjà ouverte.

COMME UN MANTRA

Palerme, printemps 1988

"Après les cours, samedi, ce serait chouette qu'on passe la journée ensemble."

Il s'était répété cette phrase en boucle toute la semaine. Comme un mantra, une espérance, la plus belle qui soit. Il se la répétait à longueur de journée, surtout dans les mauvais moments, quand sa mère éclatait en sanglots sans crier gare, ou quand il se mettait en tête que Ludo était de connivence avec Les Emmerdeurs et qu'ils lui préparaient un sale coup bien dégueulasse. Et s'ils s'étaient aussi cachés dans le théâtre Massimo ? Et s'ils avaient tout vu ? Si ça se trouve, ils l'avaient entendu avouer que c'était son premier baiser ? Puis il repensait à ce qu'avait dit Ludo et se disait que non, c'était impossible. Il avait vu avec quel regard elle lui avait dit qu'elle aimerait bien passer la journée avec lui. Il avait vu ses yeux après leur baiser. Comme le doute n'était plus permis, il était allé à l'école en disant à sa mère ce qu'il lui disait tous les samedis matin : à dimanche soir. Et, pour la même raison, il avait expliqué à son père que, non, il ne pourrait pas aller à Piano Battaglia parce qu'il avait mal aux oreilles. Il avait tout organisé à la perfection. Quant à la nuit du samedi, il ne savait pas où il dormirait, ni s'il dormirait.

Mais ce matin-là, il ne l'avait pas vue dans la cour à l'entrée, il ne l'avait pas même aperçue dans les couloirs, et en ne la trouvant pas à la sortie, Piero fut bouleversé, et sa déception se transforma en rage. Persuadé qu'elle s'était moquée de lui, il quitta l'école avant que Les Emmerdeurs et leur complice ne l'interceptent, il monta dans le premier autocar pour Piano Battaglia et, furieux, se mit à ruminer sa vengeance. Même si au fond de lui, tout au fond, son cœur continuait de battre pour Ludo et espérait qu'il se trompait. Il arriva au refuge et le trouva désert. Dans l'armoire à fusils, il vit qu'il ne restait que le plus petit, le sien. Il le prit, glissa un sandwich et une gourde dans son sac qu'il avait vidé de ses livres de cours, et aveuglé par la colère, alla rejoindre son père et les autres à l'avant-poste.

L'ÉCHO DE LA MONTAGNE

C'ÉTAIT pratiquement l'heure de dîner et, à l'auberge, nul ne s'était soucié de préparer le repas. Mais ils étaient tous là. Chacun de son côté.

Mimmo était dans la cour, devant le bûcher à côté de la balançoire. Après y avoir jeté un bref coup d'œil, il avait jugé les réserves de bois plutôt minces, même pour une nuit d'août. Aussi avait-il décroché la hache de son clou, déchirant d'un geste nerveux la toile qu'une araignée avait tissée autour du manche pendant l'été, et s'était mis à débiter le bois en bûches de taille égale. Une vraie machine : un coup, une bûche. Un rythme parfait. Une rage animale dans les yeux. Il ne supportait pas l'idée que, sur sa montagne, quelqu'un ait pu tuer son ami berger. La nouvelle lui était parvenue par l'écho de la Lùpara. Il n'arrivait pas à y croire. Qui avait fait ça ? Pourquoi ?

Un coup, une bûche. Un rythme parfait. Abele, qui fumait cigarette sur cigarette assis sur le rebord de la fenêtre du restaurant, jambes pendantes, bras ballants, dos rond, le regardait sans le voir, fatigué. Il buvait à même sa flasque et lançait des cailloux dans une poubelle dans le pré devant lui.

Ils les prenaient dans un tas qu'il s'était fait, il avait le regard éteint, les lèvres sèches. Encore une gorgée.

Gaetano était appuyé contre l'évier, derrière le comptoir du bar. Tournant le dos à la clientèle inexistante, les yeux rivés sur les bouteilles. Il lisait les étiquettes depuis une bonne demi-heure, il essayait de reconstituer l'ordre dans lequel elles étaient rangées, de se rappeler avant de lire. Un jeu de mémoire. Un jeu de mémoire pour ne pas se souvenir, pour oublier. Pour ne penser à rien. Piero était vraisemblablement inquiet pour Angela, qui s'était enfermée dans sa chambre dans un silence encore plus assourdissant que d'ordinaire. Elle avait les yeux secs d'avoir trop pleuré, respirait bruyamment et était assise sur la chaise devant sa coiffeuse, mais elle ne s'appuyait pas contre le dossier et se balançait doucement, dans un mouvement presque imperceptible, comme le font certains animaux en alerte, avant de bondir. Le téléphone sur la table, immobile et sans vie. La porte-fenêtre donnant sur la cour condamnée, les rideaux tirés. Les lèvres rouges, mordillées, de ceux qui ne sont pas tranquilles. Son père était assis sur une chaise, devant sa porte fermée. Il pleurait, il pleurait, incapable de s'arrêter. Comme un enfant. Comme l'Ours.

Di Bello observait la scène, à quelques dizaines de mètres de là, le dos appuyé contre un hêtre. Elle fumait avec avidité, la fumée calmant ses soupirs. Elle avait l'air anxieux, infiniment triste. Les phares d'une voiture dans le noir l'arrachèrent à ses pensées. C'était Pisciotta. L'inspectrice se ressaisit et alla à sa rencontre, l'interceptant avant que les autres ne l'aperçoivent.

— Je suis atterrée, Tancredi, ce qui est arrivé est encore plus sordide que ce que nous pensions : les fascistes n'ont rien à voir dans cette histoire.

— J'ai bien peur que vous ayez raison, dit Tancredi, comme si lui aussi avait tout compris.

— Avant de retourner au bureau, je me suis arrêtée chez Amir. Je ne crois pas avoir fait toute la lumière sur cette affaire mais ce que j'ai découvert m'a suffi, et je viens de transmettre le dossier aux services judiciaires qui vont bientôt prendre le relais, avec le procureur.

Tancredi hocha la tête.

— Dites-moi tout, inspectrice, ne me laissez pas gamberger comme ça.

Di Bello raconta alors à Tancredi sa visite à la cabane d'Amir et les cinq mille euros qu'elle avait trouvés dans le sac en peau de chameau sous le lit.

— Quand quelqu'un garde un sac avec cinq mille euros en liquide sous son lit, c'est forcément de l'argent sale. Et cette enveloppe. Il y avait deux billets d'avion pour Fuerteventura dedans. Devinez à quels noms ils étaient ?

— Alors vous aviez raison : Amir et Angela préparaient bien une fugue. Mais ces cinq mille euros ? Où ont-ils trouvé cet argent ? Et en quoi était-il sale ?

— J'y arrive. Quand je suis sortie de la cabane, j'étais tellement sonnée que je n'en menais pas plus large que vous, Pisciotta. Sur la route pour Petralia, je me demandais où Amir avait pu trouver autant d'argent. C'était une somme beaucoup trop importante pour un berger du coin. Mais il ne faut pas oublier les billets d'avion. Les deux choses sont liées, à mon avis. Je vous le demande : qui, parmi nos montagnards, n'aurait jamais accepté de voir partir ces gamins ?

— Piero, évidemment. Donc, si je vous suis, c'est Piero qui aurait tué Amir, après avoir découvert le plan des deux gamins ?

— Moi aussi je trouvais le mobile un peu faible. En plus Piero n'a pas l'air d'être quelqu'un de si possessif, et il y a toujours ces cinq mille euros en jeu. Alors je suis allée à la banque à Petralia pour en avoir le cœur net, je n'ai pas besoin des procureurs, moi : ça fait vingt ans que le directeur me connaît, jamais il ne douterait d'une flic réglo comme moi. Bref, le mois dernier, cinq mille euros tout rond ont été retirés sur le compte de Piero. Il y a deux explications possibles : soit Piero a voulu leur payer le voyage de noces, soit c'est de l'argent qu'on lui a extorqué. Mais la raison m'échappe.

— Si vous voulez, je peux essayer de répondre à ces questions, inspectrice, mais seulement si vous me laissez le faire devant tout le monde, dit Tancredi en indiquant l'auberge d'un signe de tête.

Peu de temps après, ils étaient tous réunis dans la grande salle du restaurant. Di Bello les regarda un à un dans les yeux avant d'éteindre sa Multifilter. Tancredi s'efforça lui aussi d'affronter le regard de tout le monde, puis il prit une longue respiration, comme pour fournir à ses poumons l'air nécessaire pour insuffler de la vie aux mots qu'il s'apprêtait à prononcer :

— J'aimerais commencer par m'excuser, car je crains que l'histoire que je m'apprête à vous raconter ne soit pour vous tous ici, et chacun pour des raisons différentes, pénible à entendre. Je vous parle d'histoire, parce que je ne suis pas un policier et que je n'ai suivi aucune méthode pour enquêter, parce que les enquêtes, c'est pas quelque chose que je sais faire. Mais là, je ne sais pas, tout me semble beaucoup plus clair à présent. C'est peut-être dû à l'état dans lequel je suis revenu ici après tout ce temps, ou à ces lieux qui ont ravivé mes souvenirs d'enfants, nos souvenirs (Tancredi se tourna vers Mimmo, qui hocha la tête d'un air grave en plantant ses yeux dans les siens), ceux-là mêmes qui me lient à mon frère Ruggero, que vous avez connu. C'est peut-être aussi dû à cette montagne qui m'attire et me repousse, comme un peu tout dans ma vie en ce moment, ainsi qu'à mon incapacité à me raccrocher à quoi que ce soit, en dehors des roches ici auxquelles je me suis accroché il y a des années et qui ont été si importantes pour ma famille, bref : j'ai compris que ma conviction de n'avoir plus ni repères ni racines était une connerie. Mes souvenirs m'ont aidé à comprendre. Mes repères, mes racines aussi. Je venais tout juste de débarquer que la montagne a voulu me parler, quand je contemplais la beauté du plateau et de la Lùpara. Cette nuit-là, j'ai cru entendre hurler un loup (Tancredi fit ici une pause légèrement théâtrale et esquissa un sourire), mais nous savons tous que c'est impossible. Le dernier loup des Madonie a été abattu il y a plus de quarante ans, pas vrai ? Et deux des trois chasseurs qui l'ont tué sont ici parmi nous et peuvent le confirmer.

Gaetano et Abele échangèrent un coup d'œil rapide que personne ne vit, mais la tension était palpable, comme un murmure. Tancredi poursuivit :

— Le lendemain, quand j'ai ramassé ce qu'il restait d'Amir, paix à son âme, j'ai cru l'entendre dire deux mots (il marqua une autre courte pause), "Le loup", c'est du moins ce que j'ai compris. Mais Amir avait perdu conscience, il était vraiment dans un sale état. Donc ça aussi, c'est impossible, non ? Ruggero a toujours refusé les explications trop faciles, il refusait de se contenter de l'impossible. Pour lui, l'impossible n'existait pas. Vous vous demandez pourquoi je parle de Ruggero, mais vous allez comprendre. La force qu'il avait enfant, la façon qu'il avait de rêver la vie et de s'en foutre, Ruggero l'a gardée jusqu'à la fin. Et si l'on en croit les derniers événements, je dirais qu'il continue, même après la mort. Et pour cause, c'est Ruggero qui a imposé cette question dans mon esprit. Vous vous rappelez quand nous nous sommes rencontrés dans le refuge abandonné, inspectrice ?

Di Bello qui se retrouvait pour la deuxième fois de la journée suspendue aux lèvres de Tancredi, alors qu'à ses lèvres à elles pendait une Multifilter sans fin, acquiesça.

— Avant que vous me fassiez avoir une attaque, j'observais ce qu'il y avait autour de moi, dans cet endroit qui m'a vu grandir, je cherchais des souvenirs. Et c'est là que j'ai vu le mur de photos. Ce mur me disait quelque chose, il me rappelait quelque chose. Sans que je sache quoi. Parce que ce quelque chose avait disparu. Quelqu'un l'avait enlevé. C'était Amir qui l'avait pris. C'est d'ailleurs dans ses mains que je l'ai retrouvé. Je vous parle d'un article de journal au centre duquel on voit une photo de mon grand-père entouré de Gaetano et Abele, cette photo-ci, dit Tancredi en sortant de sa poche la feuille de journal. L'article s'intitule : "Le dernier loup des Madonie abattu à Piano Battaglia". À part l'absurdité de vos sourires de vainqueurs sur la photo, je dis bien à part ça, vous ne trouvez pas qu'il y a quelque chose qui cloche ? Vous ne trouvez pas étrange que ces trois chasseurs si fiers de leur coup n'exhibent pas leur trophée devant les photographes ? Et que ce trophée n'ait jamais refait surface ? Et là, je vous pose la question que je dois à mon frère Ruggero : elle a fini où cette fichue peau de loup ?

— Je suis désolé Tancredi, mais je ne vois pas le rapport entre ce que tu racontes et la mort d'Amir, cette histoire de dernier loup, on dirait que c'est une obsession.

— Laissez-le finir, vous voulez bien, Cascio ? Asseyez-vous et écoutez. Je vous en prie, Pisciotta, continuez.

— Merci. D'autant que je crois l'avoir trouvée, la peau du loup.

AU SECOURS !

Piano Battaglia, printemps 1988

En montant, Piero n'avait pas entendu un seul coup de fusil. Signe que la partie de chasse était mal engagée. Ou que son père et les autres avaient déjà attaqué le repas, et l'apéro en particulier. Le soleil commençait à se faire discret et la température à baisser, mais heureusement l'avant-poste approchait, pas à pas. Il avait raison, d'où il était il vit son père et Abele qui s'affairaient avec le matériel de camping, et il pensa que ces deux crétins avaient profité de son absence pour passer la nuit à chasser et à boire, mais surtout à boire, les connaissant. Ce qui par ailleurs était interdit par le garde forestier, qui n'était autre que leur ami Pino Cascio. Puisqu'ils étaient tranquilles de ce côté-là, Piero ne comprit pas pourquoi Abele et son père se précipitèrent soudain vers lui, pris de panique, puis son père cria :

— Ne t'approche pas, c'est dangereux !

Un sanglier ! pensa Piero, il doit y avoir un sanglier blessé dans le coin. Il pouvait presque deviner l'odeur de l'animal en fuite, l'odeur de sa peur. Il pouvait presque deviner ses gémissements. D'étranges gémissements, il aurait juré entendre : "Au secours !"

LA PEAU DU LOUP

— La peau du loup, elle est là, dit Tancredi en tendant une deuxième fois la feuille. Parce que sur cette page, il n'y a pas que ce fait divers. Quelque chose d'autre a attiré mon attention. Quelqu'un d'autre. Si vous permettez, j'aimerais vous lire l'article que j'ai entouré en rouge :

> Toujours aucune trace de la collégienne palermitaine disparue samedi dernier. À Palerme, la jeune Ludovica Barbera a disparu depuis plus de quarante-huit heures, dans la matinée de samedi. Ses parents, désespérés et incrédules, déclarent l'avoir vue sortir de chez elle, comme tous les matins pour prendre le bus à Mondello, où elle habite, et rejoindre sa classe de troisième au collège Alberigo Gentili, en centre-ville, où il semblerait que l'adolescente ne soit jamais arrivée. Aucun de ses camarades en effet ne l'a vue dans l'établissement ce samedi-là. Les recherches de la police se poursuivent et des volontaires se mobilisent en ce moment même dans l'espoir de retrouver la jeune Ludo.

Je n'avais jamais remarqué cet article, pourtant j'aurais pu. La nuit où Amir est mort, les coupables semblaient être, ironie du destin, les Loups des Madonie. Et j'ai bien cru que c'était ce qu'Amir avait voulu dire, que c'étaient ces imbéciles qui l'avaient agressé. Je me trompais : cette nuit-là, j'ai vraiment entendu un loup hurler et Amir aussi a dû l'entendre, quelque chose même me dit qu'il l'a vu… (Troisième pause, la plus théâtrale de toutes.) Puisque je l'ai vu moi aussi. Le loup des Madonie n'a jamais disparu, il a pu se reproduire sans craindre l'homme précisément parce que celui-ci le tenait pour mort. En vérité, son espèce ne s'est jamais éteinte pour la simple raison qu'aucun dernier loup n'a été abattu ce samedi il y a des années. Voilà pourquoi on n'a jamais retrouvé sa peau. L'histoire du dernier loup a été inventée de toutes pièces pour couvrir un autre crime et elle était si bien ficelée que celui qui l'a racontée a fini par y croire lui-même. Mais je ferais mieux de m'arrêter ici pour laisser qui de droit raconter la suite. Piero, tu allais bien au collège Alberigo Gentili, n'est-ce pas ? C'est ce que tu m'as dit le jour où nous nous sommes rencontrés, et d'après ce que j'ai pu constater cet après-midi en feuilletant les registres de l'établissement, tu étais même un camarade de la petite Ludo, même année, classes différentes, troisième B et troisième C, si je ne me trompe pas. Piero, dis-nous tout : c'est elle que tu pleures tous les dimanches quand tu te rends sur cette magnifique tombe au sommet de la Lùpara ?

Piero s'était mis à sangloter, d'abord discrètement, puis de plus en plus fort, dès les premières phrases de l'article sur Ludovica. Sa fille Angela ne le regardait pas, ni son père, Gaetano. Abele, lui, le dévisageait avec des yeux emplis de terreur. Piero raconta malgré tout.

TROP DE SILENCE

Piano Battaglia, printemps 1988

Il aurait pu reconnaître cette voix entre mille, il aurait pu la reconnaître en plein orage d'été, quand les coups de tonnerre semblent faire rugir la montagne, il aurait pu la reconnaître au milieu d'un concert de Duran Duran ou dans la cohue des couloirs le dernier jour d'école. Il aurait pu la reconnaître à des kilomètres, la voix de Ludovica.

"AU SECOURS !"

Abele était arrivé avant son père et semblait vouloir cacher ce qui se passait derrière lui.

— C'est quoi ce bordel ? Qu'est-ce que t'as fait ? Qu'est-ce que vous avez fait ?

Ludo, qui avait reconnu elle aussi la voix de Piero, cria plus fort encore, en s'en prenant à lui quand, de ses yeux écarquillés, elle le vit saisir son fusil :

— Piero, mais qu'est-ce que tu fais, putain ! Espèce de connard. Ne me dis pas que c'est ta faute ?

Piero, encore plus secoué par cette question laissée en suspens, n'osait même pas la regarder dans les yeux, elle qui était ligotée à un arbre, les mains dans le dos. Gaetano restait paralysé dans un coin, comme s'il s'était soudain fondu dans la roche contre laquelle il se tenait. Abele tenta de lui enlever des mains le fusil que Piero pointait sur eux.

— Calme-toi, petit, et baisse ce putain de fusil. On la libérera dès qu'on aura l'argent.

Abele d'un côté, qui s'approche d'un pas, Piero de l'autre, le doigt sur la détente.

Quand le coup partit, tous les oiseaux de la montagne s'envolèrent, la détonation résonna longtemps. S'ensuivit un silence irréel. Et les yeux d'Abele, incrédules. Incrédules d'y voir encore. À nouveau le silence. Trop de silence. Jusqu'à ce que Piero se mette à hurler, en voyant Ludovica renversée contre les cordes qui la retenaient à l'arbre, un trou dans le ventre, d'un rouge qui s'élargissait à vue d'œil.

BLUES

Le même silence plombant planait dans la grande salle de l'auberge. Abele s'était effondré sur une chaise, les tempes dégoulinantes, son pull qui le serrait au cou empestait la transpiration et la peur. Piero retrouvait son calme à mesure qu'il racontait, il ne pleurait plus : cela faisait quarante ans qu'il attendait ce moment.

— Quand je suis arrivé à l'avant-poste, mon père et Abele se disputaient. Mon père n'y était pour rien, Abele avait manigancé ça tout seul. Mais j'imagine que toutes ces années où tu as gardé le silence te vaudront aussi des ennuis, papa.

Piero observa ensuite Tancredi, le regard inexpressif, et ajouta :

— Et s'il était encore en vie, ton grand-père Adelmo serait aussi dans de beaux draps.

Tancredi encaissa, même s'il savait pertinemment que son grand-père était lui aussi impliqué dans cette affaire. Tout ce qu'il voulait savoir c'était jusqu'où. Quelle place il avait occupé dans cette communauté d'âmes misérables qui peuplait cette montagne.

— Mon père l'avait appelé avant de suivre Abele et Ludovica sur la montagne, il est arrivé quelques heures après la mort de Ludovica. C'est lui qui a eu l'idée du dernier loup. C'est lui qui nous a conseillé de nous en vanter. Il était conscient de l'infamie que lui vaudrait cette photo dans le journal. À croire qu'il l'avait cherchée. Après ça, il n'est plus retourné à Piano Battaglia qu'avec Ruggero et toi, et il n'adressait plus la parole ni à mon père ni à Abele. Il n'y a pas de peau de loup, pas plus qu'il n'y a de dernier loup. Ces quarante dernières années, tout le monde a oublié Ludovica. Tout le monde sauf moi, cette tombe est devenue une confidente, une amie, et cela reste la plus grande peine de ma vie. Tout le monde a oublié Ludovica, tout le monde a gardé le silence pendant quarante ans. Jusqu'au jour où Amir m'a surpris. Il m'a vu en train de prier sur la tombe, et comme j'ai l'habitude de m'adresser à Ludovica à haute voix, il a recueilli sans le vouloir un témoignage de ce qui s'était passé. Il a alors commencé à me poser des questions. Trop de questions.

Di Bello le coupa :

— Piero, pourquoi le protégez-vous ? Pourquoi ne reconnaissez-vous pas qu'il vous a fait chanter ? Il manque cinq mille euros sur votre compte en banque, et je présume que ce sont ceux que j'ai trouvés dans la cabane d'Amir.

Piero ne répondit pas. Il lança un regard à Angela, qui avait les yeux rivés au sol.

Il y eut quatre ou cinq gyrophares bleus tournoyant dans la cour, autant que de voitures de police vers lesquelles se dirigeaient Abele, Gaetano et Piero, en file indienne, avec les agents qui les escortaient comme dans les vidéos d'arrestation de mafieux. La tête baissée, dans un silence total. Mimmo, assis sur une chaise Forst, n'en croyait pas ses yeux et ne savait pas quoi penser. Autour de lui, il n'y avait plus personne. Angela attendait dans la voiture de Tancredi, resté dehors avec Di Bello pour regarder la procession.

DE MÈRES ET DE FILLES

— J'ai demandé à ma mère de s'occuper d'Angela un temps. C'est une femme seule, une maman qui a de l'amour à revendre. Ne serait-ce qu'en attendant qu'on trouve une autre solution. Nous partons cette nuit. Je veux quitter cette montagne au plus vite, avant qu'elle ne commence à me faire horreur.

Di Bello le regardait d'un regard neuf, empli de fierté. L'âme de Tancredi la fascinait. Elle était littéralement subjuguée par la façon de penser et, surtout, d'appréhender le monde de ce jeune homme qui, lui semblait-il, avait enfin l'air de savoir parfaitement qui il était, de quel bois il se chauffait, et où il allait. C'étaient d'ailleurs grâce à ces qualités qu'il avait pu résoudre l'affaire. Deux affaires, même, car sans lui, l'une d'elles serait restée enterrée dans la montagne pour toujours. Elle regarda la main que Tancredi lui tendait, puis, haussant les sourcils et accompagnant son geste d'un léger "mpf!", elle le prit dans ses bras et le serra contre elle. Elle lui glissa à l'oreille :

— Bonne chance, Pisciotta, vous savez, c'est vraiment dommage que vous soyez marié jusqu'au cou.

VÉRITÉ

La voiture redescendit tous les tournants un à un tandis que les deux personnes à son bord restaient dans un silence absolu. Angela vit défiler à travers la vitre le refuge abandonné, la forêt de hêtres, le plus long virage du monde, le lac Formaggi, le plateau Zucchi, Collesano, Campofelice, puis enfin l'autoroute. Quand il n'y eut plus de tournants, Tancredi se mit à parler :

— J'imagine que ça n'a pas été facile pour ton père de survivre à cette tragédie. Piero ne s'en est jamais remis. C'est la raison pour laquelle tes parents se sont séparés, Angela. Tu n'y étais pour rien. Tu es la fille d'un homme qui cachait un terrible secret, beaucoup trop lourd pour lui. C'est pas une vie de garder ses monstres en soi, Angela, c'est pas quelque chose à faire. Car les monstres qu'on garde à l'intérieur de soi font plus de mal que ceux à l'extérieur. Ils nous changent petit à petit, ils nous empêchent d'être heureux, de nous sentir légers. Ils nous dévorent lentement. Ils nous font du mal. Et ils font du mal aux personnes qui nous entourent. C'est pour ça que tes parents se disputaient, et pas parce que tu étais "un peu bizarre", comme ils aiment à le dire sur cette montagne. Tu n'as jamais été bizarre, c'est ceux qui t'entouraient, à la rigueur, qui ne tournaient pas rond. Comment pouvaient-ils te comprendre ? Ton inconstance, ton instabilité étaient peut-être l'expression d'un chagrin, celui d'une petite fille incapable de consoler un père en proie à une peine trop grande. Une petite fille qui avait essayé de la prendre sur elle, cette peine, de la porter sur ses épaules. Qui s'en sentait responsable. Aucun enfant ne peut faire ça sans en payer le prix. Peu importe pour qui et pour quoi, ça n'est pas possible. Il faut que tu le saches et je suis sûr qu'avec le temps, cette pensée t'apportera du réconfort. Ça n'est pas de ta faute si ta mère t'a abandonnée. On te l'a peut-être fait croire parce que la vérité était impossible à dire.

Tancredi fit une pause, il observait Angela du coin de l'œil.

— Mais il y a encore une chose que je n'arrive pas à comprendre. Les coups qu'a reçus Amir étaient d'une violence inouïe. C'était de l'acharnement. Je ne m'explique pas une telle rage, je ne sais pas si je me fais comprendre.

Angela ne le regardait pas, mais dans le reflet que lui renvoyait la vitre, Tancredi voyait qu'elle l'écoutait avec attention.

— Je crois que j'ai compris, maintenant. Ce n'était pas de la violence ni de la rage, il n'y avait pas non plus de haine dans ce déchaînement désespéré. Il y avait de l'amour.

Le panneau sur l'autoroute indiquait Palerme à quelques kilomètres.

— C'est toi qui l'as tué, n'est-ce pas ?

Angela respira un grand coup, essuya ses larmes et parla. Comme un fleuve en crue.

LA NUIT DU 31 AOÛT, PLUS TARD

Piano Battaglia, une semaine plus tôt

Elle rêvait qu'elle courait en faisant de grands sauts, elle était heureuse. C'étaient d'abord ses bois et ses bosquets, ses mousses sur les arbres et sur les roches qui indiquaient le nord, puis elle avait fait un autre saut et avait atterri sur une plage sans fin, déserte, sous le soleil qui se couchait dans la mer embrasée. Sa voix la réveilla.

— Je dois y aller, tu es sûre de vouloir rentrer seule ?

Angela prit son téléphone pour regarder l'heure.

— T'inquiète, j'ai une bonne demi-heure devant moi avant que mon père se lève.

Avant de refermer les yeux, elle le vit trafiquer quelque chose suspendu au mur près de la grande cheminée. Elle comprit ensuite ce que c'était. Du temps où le refuge était encore ouvert, elle se rappelait que son père s'arrêtait systématiquement devant. L'air absent, les yeux humides. C'était un vieil article de journal qui avait été encadré, avec une photo des vieux de la montagne, le trio au grand complet. Une histoire de chasse, d'après ses souvenirs, des sangliers ou quelque chose dans le genre. Elle ne s'était jamais trop intéressée à la question ; elle, les animaux, elle les préférait vivants. Mais Amir avait fourré le cadre dans une poche de sa veste, il n'y avait aucun doute là-dessus. Elle se rhabilla, pensive. Pourquoi Amir était-il parti avec cette relique ?

Elle avait quitté le refuge en laissant les deux bûches qui restaient dans la cheminée tranquillement se consumer. En rentrant à l'auberge, elle s'arrêta un instant pour regarder du côté de la cabane en bois d'Amir. Personne ne l'avait jamais traitée comme lui. Il lui semblait que personne ne l'avait jamais aimée, avant. C'était donc ça, ce sentiment. Angela le savait maintenant. Qui aurait pu le lui enseigner ? Sa mère, peut-être ? Même pas dans ses rêves, évidemment. Et pouvait-on parler d'amour véritable venant d'un père qui avait choisi de l'élever au milieu des bois, entouré de trois vieux ivrognes ? Amir l'avait toujours traitée comme une personne à part entière, depuis le début. Il l'avait traitée mieux que ça même, comme une princesse. Amir était son grand amour venu d'un pays lointain. Elle savait que Piero aurait le cœur brisé, mais elle devait penser à elle, c'était son moment, elle en était convaincue : la vie l'attendait depuis trop longtemps. Ils s'en iraient ensemble, ils avaient vu des photos de l'île de Fuerteventura, aux Canaries, sur Google, et un reportage à la télévision qu'Angela avait regardé à l'auberge et qu'elle avait ensuite montré à Amir sur son téléphone. Il parlait des retraités qui partent refaire leur vie là-bas, parce que la vie y coûte moins cher.

— C'est à côté du Maroc ! s'était exclamé Amir, en voyant le reportage.

Ils avaient fait des calculs, regardé le prix des billets d'avion sur Internet et avaient conclu qu'ils pouvaient partir avec cinq mille euros en poche, c'était un bon début. Ensuite, ils aviseraient. Amir avait trouvé l'argent. Ils étaient prêts.

Elle se voyait sur la plage quand soudain la porte de la cabane s'ouvrit, et Amir et son chien Mosè sortirent.

C'est encore cette brebis qui lui en fait baver, le pauvre, pensa Angela et elle allait se remettre en route, regardant avec méfiance ce brouillard tant haï qui devenait de plus en plus opaque.

Elle entendit un pas. Une chaussure de marche. Des feuilles mortes. Elle tressaillit : une ombre passa à côté d'elle sans la voir. C'était son père. Il semblait ne pas quitter des yeux Amir, qui lui tournait le dos quelques dizaines de mètres plus haut et avançait avec son énorme chien. Elle eut l'idée de les suivre, dissimulée par la nuit. Elle progressait mètre après mètre, elle était maintenant au-dessus du brouillard, sa peur s'était évanouie. Elle se mouvait comme un chat, bondissant de roche en roche. De buisson en buisson. Comme dans le rêve qu'elle venait de quitter : c'était sa montagne, et sa montagne la protégeait, lui offrant un tapis de mousse pour poser ses pieds doucement, sans un bruit. Une seule question lui martelait la tête. Plus forte que toutes les pensées qu'elle taisait : que se passait-il ?

— Te voilà, c'est pas trop tôt.

Car, de toute évidence, quelque chose était en train de se passer.

Amir et Piero discutaient avec animation, et cela n'avait pas l'air d'être la première fois. Son cœur battait la chamade, au point que c'en était presque douloureux, mais Angela ne se montrait pas, toujours cachée derrière le buisson. Dans le noir, elle semblait aux aguets, or c'était elle l'animal sans défense qui tremblait de tout son corps et ne pouvait en croire ses oreilles ni ses yeux.

— Je t'ai déjà donné cinq mille euros, je n'ai plus rien.

— C'est pas assez, je suis désolé.

— Amir, dans quel pétrin tu t'es fourré ? Pourquoi as-tu besoin de tout cet argent ?

— Ça ne te regarde pas, occupe-toi plutôt de réunir la somme, je te donne une semaine.

— Amir, il ne me reste plus un euro. Tu te crois dans un roman policier ou quoi ! Où tu veux que je trouve un tel montant en une semaine ? Et puis, je dois penser à Angela, comment veux-tu que je fasse ?

— Angela, elle a bon dos…, dit Amir d'un ton méprisant.

Trop méprisant, il s'en étonna d'ailleurs lui-même en prononçant la dernière syllabe.

— Qu'est-ce que t'insinues, négro ? Tu veux m'apprendre comment élever ma fille ? Tu crois peut-être que la laisser jouer à ton petit jeu de merde sur ton téléphone ça fait de toi quelqu'un de spécial à ses yeux ? Tu crois pouvoir débarquer ici et te mettre à commander, c'est ça ?

Personne ne l'avait jamais traité de négro ici. Et pas seulement parce qu'Amir avait le teint clair. La blessure était d'autant plus grande que c'était la première fois. Personne ne l'avait jamais méprisé comme ça, personne ne lui avait jamais adressé d'insultes racistes. Il ne le supporta pas et, sans réfléchir, il flanqua une gifle à Piero, à pleine main, de toutes ses forces et la vue de Piero se brouilla l'espace de quelques secondes. Puis il assena un coup de poing à Amir qui le fit tomber sur les fesses plusieurs mètres plus loin.

— C'est parce que tu penses à ta fille que tu caches à tout le monde que t'es un assassin ? Elle le sait ça, ta fille ? Et tu sais pourquoi ta fille ne parle pas ? cria Amir en tentant de sortir le cadre de la poche intérieure de sa veste. Mais il n'y parvint pas.

Angela, cachée derrière son buisson, avait tout entendu. Et le petit animal tremblotant qu'elle était avait entamé une lente mutation, se transformant progressivement en l'animal aux aguets qu'elle paraissait peu avant. Tu parles d'une fuite en amoureux. Amir s'était moqué d'elle, il était en train de faire du mal à son père plus qu'elle n'aurait pu lui en faire en l'abandonnant à ses montagnes pour la deuxième fois de sa vie. À présent, elle les entendait distinctement quand ils hurlaient son nom. Elle était bouleversée, comment avait-elle pu y croire ? Comment avait-elle pu lui faire confiance ? Comment avait-elle pu donner à cet homme tout son amour ? Comment Amir avait-il fait pour l'ensorceler au point de lui arracher les mots qu'elle avait gardés sous silence toute sa vie ? Pourquoi lui avait-il fait ça ? Pourquoi s'était-il montré si cruel ? Il allait l'abandonner lui aussi, il allait partir seul avec l'argent qu'il avait extorqué à son père. Une colère inouïe l'envahit de la pointe des cheveux jusqu'aux orteils, elle la sentait littéralement vibrer dans tout son corps. Sa vue s'obscurcit sur les côtés, comme une vignette photographique. Sa main tomba sur une branche lourde et tordue. Elle la serra si fort que la pulpe de ses doigts blanchit. Puis elle vit Amir à terre plonger la main dans sa veste. Elle crut à une menace. Elle eut peur pour son père. Elle revit le visage d'Amir devant la cheminée une heure plus tôt, qui lui disait des mots doux, puis ce même visage pétri de haine, et à partir de là, elle ne vit plus que ça.

En trois grands sauts félins et silencieux, elle arriva dans le dos d'Amir et le frappa en mettant dans ses bras tout ce qu'elle avait sur le cœur. Tout le désespoir d'une petite fille que sa mère a abandonnée, toute la peur que son père en fasse un jour autant, la solitude et le silence de toute une vie, et son amour. Cet amour incroyable qui, bien que trompeur, lui avait fait goûter à la vie pour la première fois. Juste cette nuit. Le bâton s'écrasa sur la nuque d'Amir, la faisant revenir à la raison l'instant qui suivit. Aussitôt, Angela comprit ce qu'elle venait de faire et se mit à hurler de toutes les forces qui lui restaient, elle hurlait comme une petite fille désespérée, comme une louve.

QUELLE VÉRITÉ

ANGELA ne pleurait pas, pas plus qu'elle ne respirait bruyamment : elle était grave, inconsolable et vidée. Comme Tancredi, les mains cramponnées au volant, les yeux rivés sur la route. La lumière rougeâtre des phares des autres voitures se reflétait dans les premières gouttes de pluie qui parsemaient le pare-brise. Il repensa aux deux lignes du roman d'Izzo qu'il avait lues la nuit précédente. "*On prend ce qu'on trouve. On ne peut pas obliger la vérité à se manifester. Pas toujours. Cette vérité vaut pour une autre vérité*[*]." Elles semblaient à propos. Au fond, Angela avait payé toute sa vie d'avant et cela continuerait probablement pendant des années. Tancredi n'avait pas résolu tout le mystère, mais il avait remis les choses en ordre. Du moins, c'est l'impression qu'il avait. Il regarda Angela avec toute la compassion du monde puis fixa de nouveau la route, via Oreto s'ouvrait devant lui, l'escortant jusqu'au centre-ville. Palerme était plongée dans le noir et la nuit était dense.

* Jean-Claude Izzo, *Chourmo*, éditions Gallimard.

LES CHOSES QUI RESTENT

UNE pelleteuse tractée par un poids lourd monta au sommet de la Lùpara. Sur le plateau, enlacé devant un corbillard, un couple âgé, bouleversé, observait l'ascension de l'engin. C'étaient les parents de Ludovica.

Mimmo Cascio était assis au bar de Petralia, l'auberge ayant fermé. Avec d'autres clients, il suivait d'un œil amusé la saynète qui se jouait sur la place. Quatre néofascistes scandaient dans un mégaphone : "Qui ne saute pas est musulman ! Qui ne saute pas est musulman !" Devant eux, une énorme banderole disait : PRIORITÉ AUX HABITANTS DE PETRALIA (croix celtique) ARRÊTONS L'INVASION (croix celtique) NON AUX RÉFUGIÉS AVEC SMARTPHONE (croix celtique). Les cris des quatre crétins redoublèrent de véhémence à l'arrivée d'une Panda devant la mairie de Petralia, dont sortirent deux jeunes mariés syriens, leur nouveau-né dans les bras. Le couple, interdit, semblait se demander pourquoi on les accueillait avec de tels slogans. La jeune femme, la voix teintée d'inquiétude, demanda en arabe à son mari :

— Oh, doux Jésus, ils sont fâchés contre qui ? Où sont-ils ces musulmans !

Gaia Di Bello courait dans les bois autour de Petralia, ralentit près d'une poubelle, sortit des poches de son jogging deux paquets de cigarettes et les y jeta avant de reprendre sa course.

Dans un appartement en plein centre historique de Palerme, une dame âgée faisait visiter à Angela sa nouvelle maison.

Gaia Di Bello courait avec de plus en plus d'acharnement, elle semblait désespérée, extrêmement inquiète, quand elle repassa devant la poubelle, elle chercha ses cigarettes parmi les ordures, les trouva et s'en alluma aussitôt une avec un sourire béat.

Dans une forêt non loin de là, près d'un ruisseau, une louve s'apprêtait à boire pendant qu'un loup gigantesque lui flairait le cou.

Amir, inhumé dans le caveau de la famille Pisciotta, reposait, on l'espère en paix, même si personne ne le veillait. Sur sa pierre tombale, quelqu'un, on ignore qui, avait tenu à écrire : "*Ma cu m'u fici fari ?*"

ÉPILOGUE

DANS l'avion, Tancredi trépignait d'impatience de revoir sa femme. Quand les roues de l'engin se posèrent sur le tarmac de l'aéroport de Milan-Linate, il savait précisément les mots qu'il lui dirait. Qu'est-ce que cette urgence de devenir parents si ce n'est une angoisse dictée par la peur ? Les enfants ne sont pas là pour soulager nos bleus à l'âme. Tancredi l'avait compris. Il était certain que Sara aussi le comprendrait, elle tomberait peut-être même d'accord avec lui, ou était peut-être elle aussi arrivée à la même conclusion. Sans doute l'avait-elle compris depuis des mois. Tancredi en était certain, il y voyait si clair à présent.

Puis il la vit : son sourire magnifique, impeccable, ses taches de rousseur qui, comme chaque été, recouvraient son visage, ses longs cheveux roux et bouclés qui embaumaient l'après-shampoing. La saveur de ses baisers répétés qui, après quelques secondes, imprégnait ses lèvres. À un moment donné, Sara se libéra de son étreinte et lui glissa dans la main un papier qu'elle avait dû triturer pendant des heures vu son état. Tancredi ne comprenait pas, il n'avait pas encore entendu la voix de sa femme, ni elle la sienne. Il posa les yeux sur ce papier rempli de tableaux sur lequel il pouvait lire : résultats dans le faisceau des valeurs de référence : 2 500,00. Tancredi ne comprenait toujours pas :

— C'est quoi ?

— J'ai fait la FIV la veille de ton départ. Je suis enceinte.

Tancredi resta sans rien dire un long moment. Sara, elle, riait, assise à côté de lui dans la voiture, côté passager.

Sans savoir pourquoi, Tancredi pensait à Ruggero. Une vie pour une vie. C'était débile, il le savait. Il n'empêche, à ce moment-là, il sentait la présence de son frère comme s'il était à bord de la voiture qu'il conduisait sans un mot, avec Sara qui continuait de glousser devant son mutisme. Une vie pour une vie. Mais en fait non, le compte n'y était pas. Car même après la naissance de leur enfant, Ruggero serait toujours là. Tancredi était incapable de dire comment il se sentait, ce qu'il ressentait. C'était trop tôt. Non pas qu'il fût sous le choc, il s'était préparé à cette annonce. Il avait imaginé cette scène un millier de fois, en rêve. Mais maintenant que le rêve devenait réalité, il se sentait comme sous une cloche de verre. Et ce sentiment perdurerait pendant neuf mois, quelques jours de plus ou de moins. Ensuite, Tancredi ne comprendrait plus rien. Il perdrait complètement la tête. Il n'aurait plus de vide à remplir, plus d'angoisse à surmonter. La vie continuerait comme il se doit. Tantôt en emportant tout sur son passage, comme un fleuve qui sort de son lit. Tantôt en le caressant, et en lui donnant le temps d'observer les courants qui, imperceptiblement, le traverseraient, comme une île. C'était la vie et Tancredi, tôt ou tard, le comprendrait et l'accepterait peut-être aussi en plongeant ses yeux dans ceux de la petite créature à naître.

Les mains crispées sur le volant, Tancredi continua de rouler, il dut ralentir un peu à cause de ses yeux embués de larmes, puis il se tourna pour observer Sara qui ne cessait de rire, et il se mit à rire lui aussi, aux éclats, à en perdre haleine, sa main sur le ventre de Sara.

NOTES ET REMERCIEMENTS

J'AI écrit ce livre durant une période particulièrement mouvementée de ma vie, période que je qualifierais d'horrible pour l'Italie. Deux années durant, j'ai tenté d'écrire un roman noir car je ne voyais que ça autour de moi et en moi. Si la situation du pays reste ce qu'elle est, pour ma part ça va beaucoup mieux, merci. Car j'ai toujours eu la chance de croiser des personnes extraordinaires sur mon chemin. J'aimerais profiter de ces lignes pour les remercier. Merci donc à Shary Taddei, Pasquale Pugliatti, Luciana Criscuoli et Sandra Pellegrini.

Je tiens à préciser qu'officiellement, et même si je préférerais qu'il en soit autrement, il n'y a plus de loups en Sicile depuis 1924. La montagne de Piano Battaglia s'appelle non pas Lùpara mais Mùfara. Comme je suis très attaché à ces lieux, je ne me sentais pas de faire advenir des horreurs sur cette montagne. Je remercie donc ces lieux, celles et ceux qui m'ont permis d'y passer autant de temps et la communauté qui les habite plus ou moins assidûment : de belles âmes, qui apprécient la nature et ses silences, et cultivent aussi une certaine mélancolie. Tout le contraire des "pauvres âmes" de mon roman. Je remercie également celles et ceux qui continuent de prendre soin de ce territoire, notamment les bénévoles de l'association pro Piano Battaglia e Madonie, dont je vous conseille de consulter le site avant de courir à Piano Battaglia.

Merci aussi, encore et toujours, à Tiziana Lo Porto, ma première lectrice. Merci aux amis. Et merci aux écrivains, en particulier Alessandro Leogrande, auquel nous devons *La Frontiera*[*].

Je dédie ce livre à la mémoire de Claudio Coccoluto.

* *La Frontiera* est un ouvrage paru chez Feltrinelli en 2015 et non traduit à ce jour, dans lequel l'écrivain et journaliste Alessandro Leogrande (1977-2017) a rassemblé des récits de traversée de personnes venues trouver refuge sur les côtes italiennes.

DERNIÈRES PARUTIONS

Erin Swan, *Parcourir la terre disparue*
Dennis Lehane, *Le Silence*
Kim Zupan, *Trop loin de Dieu*
Maren Uthaug, *Une fin heureuse*
Doug Peacock, *Itinéraire d'un éco-guerrier*
Peter Farris, *Le Présage*
Henning Ahrens, *Les Péchés des pères*
Andy Davidson, *La Fille du batelier*
Jennifer Haigh, *Mercy Street*
William Boyle, *Éteindre la Lune*
Cedar Bowers, *Astra*
John Gierach, *Debout dans la rivière*
James Crumley, *La Contrée finale*
Craig Johnson, *Le Cœur de l'hiver*
Paul Tremblay, *Le Chant des survivants*
Barry Lopez, *À ciel ouvert*
Lizzie Pook, *La Fille du pêcheur de perles*
Andrew J. Graff, *Le Radeau des étoiles*
Piergiorgio Pulixi, *L'Illusion du mal*
Joe Wilkins, *La Montagne et les pères*
Tiffany McDaniel, *L'été où tout a fondu*
Larry McMurtry, *Adieu Cheyenne*
Peter Swanson, *Chaque serment que tu brises*
Jake Hinkson, *Rattrape-le!*
Gregory Brown, *Les Jours sombres*
Jenny Lund Madsen, *Trente Jours d'obscurité*
Aldo Leopold, *Almanach d'un comté des sables*
Chris Offutt, *Les Gens des collines*
Giulia Caminito, *L'eau du lac n'est jamais douce*
Todd Robinson, *Les Morts de Riverford*
JoAnne Tompkins, *Ce qui vient après*
Christina Sweeney-Baird, *La Fin des hommes*
Larry Watson, *L'Un des nôtres*

Cet ouvrage a été imprimé sur du papier
dont les fibres de bois proviennent
de forêts durablement gérées

IMPRIM'VERT®

CET OUVRAGE A ÉTÉ COMPOSÉ PAR ATLANT'COMMUNICATION (VENDÉE)

ACHEVÉ D'IMPRIMER SUR ROTO-PAGE
PAR L'IMPRIMERIE FLOCH À MAYENNE
EN AVRIL 2023
POUR LE COMPTE DES ÉDITIONS GALLMEISTER
13, RUE DE NESLE
75006 PARIS

DÉPÔT LÉGAL : MAI 2023
1re ÉDITION
N° D'IMPRESSION : 102196
IMPRIMÉ EN FRANCE